記憶縫線 YOUR FORMA 1

菊石まれほ

［插畫］——野崎つばた

電索官埃緹卡與機械裝置搭檔

Kadokawa Fantastic Novels

加冕紀念慶典定於明年6月

傳將贈與最新阿米客思

英國王室發言人於4日正式宣布，溫莎王朝第四任君主瑪德琳女王在位60周年慶典將在明年6月5日舉行。諾華耶機器人科技公司（倫敦）在得到決定舉行慶典的消息之後，公開該公司正在推動贈與阿米客思機器人給女王的計畫。該公司準備贈與3具阿米客思，屬於正在專門為此開發的Royal Family（RF）機型。該公司表示該機型規格異於舊有的阿米客思，採用的是運用獨家最新技術進行改良的次世代型泛用人工智慧。對於各家媒體的採訪，女王表示由衷歡迎阿米客思，並且提到「目前正在想阿米客思們的名字」。（相關報導見23版）

《The Times, May 5th, 2014》頭版報導

訃聞

親悟・冰枝（YOUR FORMA開發團隊工程師），科技公司「利格西堤」（加利福尼亞州聖塔克拉拉郡）前員工。對於侵入型混合實境裝置「YOUR FORMA」的開發與普及貢獻良多的親悟・冰枝，於12日在瑞士的自殺協助機構「芬斯特」去世。44歲。對於各家媒體的採訪，芬斯特公司承認上述事實，並表示「公開報導形同侵犯逝者的隱私」提出抗議。「利格西堤」對於本報的採訪做出「敝公司深表遺憾。關於離職員工的動向，敝公司不便評論」上述回答。喪禮不開放公祭，喪主為長女埃緹卡・冰枝。

《Los Angeles Times, August 18th, 2022》訃聞欄

序章——風雪

真不想變成這樣的大人，這樣的想法有時會像陣風一樣呼嘯而過。

「所以，被害人說『病房的積雪』有幾公分？」

「注入運作抑制劑之前，說是大概有五十公分。風雪好像很厲害，抑制劑失效的話大概立刻就會引發失溫症。」

巴黎市內的布兒碧耶加雷醫院難得沒有消毒水的味道。走在住院大樓的走廊上，埃緹卡看向走在前面的兩個男人——身穿白袍的醫師，以及埃緹卡的同事班諾·克雷曼。班諾二十六歲，德國人特有的有稜有角的面相和整潔的亞麻色短髮，讓他給人很神經質的印象。和他成為工作上的夥伴已經過了兩個星期，關於班諾的事情，埃緹卡知道的就只有他有個小他兩歲的戀人。

班諾說：「——所以，我們要連接感染者的YOUR FORMA，藉此推導出病毒的感染途徑。」

「我知道，電索對吧。追查記載在YOUR FORMA當中的行動歷史紀錄以及機憶，摸索出是在哪裡如何感染的……但是，會讓人看見風雪幻覺的自我繁殖病毒還是頭一遭啊。」

「華盛頓特區的醫生好像也說過同樣的話，還說『這肯定是新型病毒』。」

「華盛頓是開端對吧。我們是第二例算是好運，多虧有前例才能正確處置。」

塞納河在窗外悠然流過。水面在凜冬的冰冷陽光下閃閃發亮，平靜到令人厭煩。

「不過——」醫師強忍著呵欠。「雖然沒有你們那麼誇張，我也沒辦法好好休息。希望你們務必盡快解決。」

「至少在夜晚時段，把工作交給機械裝置朋友（阿米客思機器人）如何？」

「能交給他們的部分我當然會交給他們，可是讓他們過度操勞也太可憐了。」

「可憐？那種東西只是機械吧，該用的時候不用太吃虧了。」

「噢，原來如此，你是『機械派』啊。我是『朋友派』，所以總是會放感情。」

班諾尷尬地聳了聳肩，然後離開醫師身邊，來到埃緹卡這裡。埃緹卡從他的表情判斷，立刻看出他又要開始「千篇一律的忠告」了。

「聽好了，冰枝，潛入深度到表層機憶為止。推導出感染途徑，找出犯人的蛛絲馬跡。」

不出所料。

「不是我要回嘴。」埃緹卡平淡地說。「控制、抽離像我這樣的電索官（Diver），照理說應該是身為輔助官（Belayer）的你的工作。換言之，決定該潛入到哪裡的並不是我，而是你吧。」

「即使我想把妳抽離回來，妳也會想把我拖下去一起沉陷，所以我才這麼說啊。妳害我的腦袋負荷過重，差點燒斷神經，算起來都已經三次了。妳想變成殺人犯嗎？」

「我曾經把人送進醫院，但不曾殺過人。」

「難怪誰也做不久。」感覺他差點沒吐口水。「聽好了，『天才少女』，在我們去搜查其他案件的時候，同事們可是拚死進行電索才找出感染源。交出成果來。」

「我一直都交得出成果。」

「是我沒說清楚。『在不搞壞搭檔的前提下』交出成果，聽到了沒？」

班諾片面撂下這句話後走回醫師那邊。埃緹卡的嘆息從鼻子洩出。自己被他討厭已經到了無以復加的程度。話雖如此，她也沒有付出努力去討人喜歡。也就是說，她和班諾的關係日漸惡化，但她不以為意。

很遺憾，正如班諾所說，反正這段關係持續不了多久。

醫師帶他們來到的病房意外地奢侈，是單人病房。索然無味的病床上躺著一名法籍青年，睡得正熟——他就是這次在巴黎傳播開來的病毒的感染源。

室內除了埃緹卡一行人，還有一名阿米客思護理師。外表建模仿照三十多歲的女性，長相端正但不至於引起反感，是經常見到的量產型。

「各位辛苦了。」阿米客思露出和善的微笑。「十二分鐘前已給予病人鎮定劑，目前狀況穩定。病人也已經簽署電索的同意書。」

「幸會，奧吉耶先生。」班諾對睡著的青年拿出證件。「我們是國際刑事警察組織(Interpol)電子犯罪搜查局的班諾・克雷曼電索輔助官，以及埃緹卡・冰枝電索官。根據國際刑事訴訟法第十五條，我們將對你的YOUR FORMA行使連線權。」

醫師不禁笑了出來。「他正在熟睡，這樣有意義嗎？」

「這是慣例，不照做的話偶爾會接到抗議。」

「開始吧，班諾。接上去。」

埃緹卡從大衣內層口袋拿出〈安全繩(Umbilical cord)〉。酷似絲線的那個東西是兩端掛著連接頭的纜線。埃緹卡與班諾分別將連接頭拉到自己的後頸——插進植入皮膚內的連接埠上。

「再來，探索線。」

埃緹卡說完，班諾便將〈探索線〉連接到青年的後頸，然後將連接頭丟了過來。這條纜線在設計上比〈安全繩〉略粗。埃緹卡接過〈探索線〉的連接頭，接到自己的第二個連接埠——雖然命名得有些隨便，這被稱為三角連線，是透過電索調查腦海時所需要的基本型態。

「冰枝，對病毒感染者用的防護繭(Cocoon)呢？」

「沒有問題。正常運作中。」

「那就趕快去。」

埃緹卡下巴一縮——下一秒便已經落入感染源的「腦海之中」了。

冬天的盧森堡公園，草木凋零的景色映入眼中。大口咬下從烘焙坊買來的巧克力可頌，油然而生的幸福感便籠罩著自己，內心像是要化開了一樣——感染源的名字是湯瑪·奧吉耶，是就讀理工類的菁英養成學院（Grande école）的學生。根據表層機憶——記錄著過去一個月發生的事情——在這個公園解決早餐似乎是他每天的習慣。

吃完之後，他坐進法國車廠的共享汽車裡。總有種心馳神往，興奮不已的感覺。接下來能夠一整天埋首於研究之中，似乎讓他很期待。車窗外飛逝的街景充斥著內建藍牙功能的最新運動鞋以及改良型睡眠用耳機、碳纖運動衣等最先進的科技產品的廣告，每一樣都是那麼光彩奪目。對奧吉耶而言，應該都是非常感興趣的商品吧——任憑流進來的他本身的「情感」順流而過，埃緹卡繼續下潛。

在閱覽機憶的同時，追查奧吉耶留在網路上的足跡——從電子商務網站的購買紀錄到影片分享網站的觀看紀錄。前往他的社群網站，撬開他的基本登錄資料網羅內容，處理上億筆發文。由於志願是工程師，他對科技領域特別關注，在萬聖節（Toussaint）的連假期間前往美國，參加「利格西堤」以及「克里索盧」等企業的參訪行程。但是，找不到和病毒有關的線索。訊息匣裡面主要也都是和家人以及朋友的對話，就連廣告也是極為健全。

原來如此——埃緹卡這麼心想。和她從華盛頓那邊負責搜查的電索官那裡聽來的一樣。

即使潛入感染源，也找不到犯人的蹤跡，甚至連感染途徑都不清楚。

在表層機憶的電索已經結束，但班諾並未將她抽離。雙方的處理速度相差太多，監控的進度完全跟不上。埃緹卡一邊加速一邊繼續沉落。不好了，她穿越表層機憶，落入更深的中層機憶當中——這時「噗滋」一聲，她感覺到後頸一陣麻痺。

「克雷曼輔助官！」

她聽見吶喊聲，抬起頭。視野頓時從上而下被刷新，變成了病房——正好是連接線脫落，班諾跪倒在地的時候。醫師連忙趕了過來，但他已經失去意識，一動也不動。阿米客思帶著急切的表情衝出病房。

啊啊，「又來了」。

埃緹卡並沒有特別驚訝，只是站在原地。她原本就覺得班諾也快到極限了，這如她所料——胸口微微刺痛，但她決定裝作沒察覺。

電索官與輔助官的能力無法達到平衡時，就會發生這樣的「故障」。他和自己的能力一開始就不對等，卻硬是持續運用下去，久了遲早會出事，這也是必然的。

對埃緹卡而言，搭檔故障是家常便飯。

沒多久，幾名護理師阿米客思拉了推床過來，把班諾送了出去。大概住院一個星期就可以了事了吧，之前也是這樣。所以她決定默不作聲，硬是吞下洶湧而至的那股不值一提的罪惡感。

「以前，我幫類似症狀的輔助官看診過。」

然而一旁的醫師卻投以責備的目光，於是埃緹卡靜靜深呼吸。

「是克利達嗎？還是奧格倫？塞爾貝爾？還有……」

「夠了。」醫師的眼神早已顯露輕蔑之色。「我都聽他們說了，有個燒斷每個搭檔的腦神經，將他們送進醫院的『天才』。就是妳吧，冰枝電索官？」

她知道對方想要的是怎樣的回答方式。像是「我不是故意的」，或是「沒有人會希望同事受苦」等言不由衷而充滿善意的答案。

但是，動聽的詞彙並沒有抹滅事實的力量。對此，她從很久以前就清楚得不想更清楚了。

「班諾會康復，只要使用YOUR FORMA，修復腦神經這點小事不算什麼。」埃緹卡乾脆帶著近乎冷酷的撲克臉說了。「那麼，感謝你對這次搜查的協助。」

醫師的表情像是看見什麼難以置信的東西，但埃緹卡不以為意地離開了病房。

追查記錄在YOUR FORMA上的資訊，找出解決案件的蛛絲馬跡。
這就是電索官——埃緹卡·冰枝的工作。

第一章——機械裝置搭檔

1

〈現在氣溫，零下七度。服裝指數A，需要防寒措施。〉

都已經過了上午八點，天上還有微弱的星光閃爍著。在飛機上看的心理恐懼電影還在眼底揮之不去——埃緹卡人在位於俄羅斯西北方的普爾科沃機場的圓環。順著下顎線條的鮑伯頭是日本人會有的潤澤黑色，從包裹著單薄身體的大衣開始，毛衣、短褲、褲襪、靴子等全都是黑色。還以為是小烏鴉化為人形了呢——她被這麼揶揄過好幾次。

順著車流進入圓環的車都亮著車頭燈。掛著西里爾字母的巴士把人一一吐出來之後，又不厭其煩地吸了進去。她和幾名上下車的乘客對上眼。那些人的姓名與職業等個人資料都以彈現式視窗顯示在她的視野當中——在YOUR FORMA普及之後，姑且不論一般市民，對職業上具備個人資料存取權限的人而言，「只要對上眼就可以知道」對方是什麼身分，姓名、出生年月日、地址、職業……即使不想知道也全都看得見。

話說回來——

距離約好的時間已經過了十五分鐘，班諾還沒出現。

沒辦法了。埃緹卡舔了舔變得又乾又粗的嘴脣，然後決定打電話。

〈撥打語音電話給班諾·克雷曼。〉

她將想法轉換為文字，對「腦中的」YOUR FORMA下達指示。一直塞在一邊耳朵裡的耳機響著單調的待接鈴聲。反正班諾也不會接吧——她心想。班諾有電話厭惡症。她明知道還是故意選擇打電話，是因為班諾在心情好的日子偶爾會接聽，另外就是想直接對每次都遲到的他抱怨幾句。

就結論而言，今天不是個好日子。最後發話逾時，自動切斷了。隨後，埃緹卡收到他傳來的訊息——訊息視窗在視野一角展開。

〈我還在住院。十時課長說我昨天已經到達當地，是她在說謊。〉

課長說謊？埃緹卡忍不住皺眉。

〈我遵照課長的指示一直到今天都沒說，不過我們的搭檔關係解除了。〉

果然嗎？拆夥這件事她早就料到了，這也不是第一次，所以她並沒有感到沮喪或失望。反而十時課長一直隱瞞這件事到今天才是問題，她隱約有種不祥的預感。

〈那邊的分局會派人代替我去接妳。妳在圓環等著。〉

〈收到。對了，關於我的新輔助官，你有沒有聽說什麼？〉

埃緹卡如此回傳訊息，但班諾再也沒有回應。她是很想心懷怒意，但也是她害得班諾必須待在醫院裡面。而且對方原本就不喜歡她，會得到這種對待也是理所當然。

話說回來，新搭檔是吧。

實在是提不起興致，畢竟無論是任何人來都不會做太久。一般的電索官和同樣一位輔助官共事都是以年為單位，但是以埃緹卡的狀況，最久頂多也是一個月。由於資訊處理能力高到超乎尋常，和任何人都無法達成平衡，每次都會讓輔助官故障。

她帶著憂鬱的心情拿出電子菸送到嘴邊，正想吐出不含尼古丁也不含焦油，只有水蒸氣的煙霧時，YOUR FORMA發出警訊。〈機場用地內禁菸。〉她忍住咂嘴的衝動，熄掉電子菸，然後把玩著掛在脖子上的藥盒型項鍊舒緩自己的鬱悶。

來接她的人出現已經是長達將近三十分鐘之後的事情了。

一輛SUV停在快要凍僵的埃緹卡面前。高雅的紅褐色車身有著方正的線條，圓形的車頭燈像在訴說車主熱愛越野路線到無法自拔。她忍不住用YOUR FORMA分析——拉達紅星。長達四十年左右都不曾全面改款，「血統純正」的車款。不愧是藝術都市，連選車品味也不同凡響。

「早安，妳是冰枝電索官對吧？」

駕駛座的車窗降下，一個高加索人種的年輕男子露出臉來。但是，個人資料並未顯示出來。光是這樣就讓埃緹卡的心情變得更加沉重——這名司機是機械裝置朋友（阿米客思機器人）。所謂的阿米客思，就是直到上個世代還被稱為仿生機器人或類人型機器人的那些傢伙，目前成為人類生活中不可或缺的一部分已經很久了。

「我是不是讓妳等很久了？」司機秀出發給分局的阿米客思的身分證明用徽章。

「我這邊接到的聯絡說約定時間是上午九點啊……」

「我這邊聽說的是八點。」告訴埃緹卡時間的是班諾，所以這是他的整人手段。這種事情經常發生。「總之先讓我上車。」

阿米客思才剛解除車門鎖，埃緹卡便迅速把自己塞進副駕駛座。這樣總算可以取暖了……原本她是這麼以為的，卻發現車內冷得嚇人，和她期待的不同。

「噢，不好意思，因為越冷我的處理速度越快。」

阿米客思以悠閒的動作打開暖氣開關——如果埃緹卡的知識正確，「這個東西」應該感覺不到氣溫的冷熱。它純粹是身為外型酷似人類的機械，試圖表現得「像個人類」而已。是系統讓它這麼做的。

「可是冷成這樣要是讓我感冒了，應該違反你的敬愛規範吧。」

「妳說的沒錯。當然，我自有分寸。」

尊敬人類，乖乖聽人類的命令，絕不攻擊人類——阿米客思都是被設計成以這樣的「敬愛規範」為「信念」。

老實說，埃緹卡不太喜歡這種機械。

乾脆直說，其實是討厭。

汽車以半自動行駛功能緩緩起步，離開了圓環。聖彼得堡的街景是由各種過時的建築樣式妝點而成。充滿風情的美麗街景，接連在外牆上綻放的全像投影廣告影像卻糟塌了一切——MR廣告系統是YOUR FORMA的功能之一，能夠讀取使用者的嗜好，投放平日就在關注的領域相關商品和企業廣告到了過猶不及的地步。最近全世界的所有建築物充滿了廣告，走到哪裡都沒有享受景色的興致。

想隱藏也可以，只是必須支付昂貴的費用，畢竟開發公司利格西堤的財源大部分都是靠廣告收入在支撐。再加上使用者之所以能夠幾乎免費接受YOUR FORMA導入手術，也是這些廣告的恩惠。

「根據行程，接下來要直接前往聯合照護中心。今天是要透過電索鎖定病毒感染源對吧？」

「沒錯。」

「案件繼華盛頓特區以及巴黎之後，這已經是第三起了啊。」

「先別說這些了，我的新輔助官呢？」

「已經準備就緒在等妳了。需要我詳細介紹他嗎？」

「不用，確定能夠會合就好。」

埃緹卡只有這麼說，便打開了YOUR FORMA的焦點新聞。這裡同樣是經過最佳化的一整排新聞標題——〈AI作家入圍文學獎最終候選〉〈強烈寒流襲擊關東地方〉〈巴黎聖母院將管制年底的跨年倒數活動〉〈瑞士公布年度輔助自殺件數為世界第一〉〈書店網路因應年末特賣增刷紙本書籍〉……

無論是誰來當輔助官我都沒興趣，我只要解決眼前的工作就好。

很久以前，埃緹卡就像這樣停止思考了，為了保護自己的心不受各種罪惡感苛責。

〈全球感染的時代已經結束。今後你想擁有與「絲線」共度的新日常嗎？〉

最早期的宣傳廣告上似乎是用這樣的標語在吸引人。

侵入型混合實境裝置〈YOUR FORMA（你的形狀）〉，是置於腦中的「縫線型」資訊終端機。

外型是直徑三微米的智慧型絲線，以雷射手術埋設在腦中使用。只要有YOUR FORMA，從監測健康狀況到線上購物、更新社群網站，全都可以在「腦海裡」完成。

三十一年前——一九九二年冬季。冠上「斯柏爾（胞子）」之名的病毒引發了世界規模的爆發式疫情。面對這種在短期間內持續變種的病毒，開發疫苗與抗體根本沒有意義，社會功能轉眼之間便因而癱瘓。全球死亡人數高達約三千萬人，死因幾乎都是病毒性腦炎。

因此，預防腦炎發作成了當下最緊要的課題。

在世界衛生組織（WHO）的主導之下，各國機構互助合作，應用還在研究階段的BMI技術，終於在費時幾年之後開發出侵入型醫療用線形裝置「NEURAL SAFETY」。藉此，治療腦炎變得容易，死亡率隨之降低。之後也幾經改良，終於到達能夠預防腦炎的階段。人們對於病毒的時代感到疲憊不堪，因此並沒有任何理由讓大家不對這種「絲線」趨之若鶩。

全球感染平息已久的今日——二〇二三年。「NEURAL SAFETY」脫胎換骨成為「YOUR FORMA」，大幅進化成最新型的多功能資訊裝置。

其中最值得一提的功能，便是「機憶」。

機憶在記錄實際發生的事件同時，也會記錄使用者本身在那個當下所抱持的「情感」。是對海馬迴的記憶進行二進位轉換而成，因此成功達到了人心的視覺化。

機憶更在犯罪搜查方面造成了大幅的改觀。國際刑事警察組織電子犯罪搜查局作為唯一擁有機憶搜查行使權的組織，將搜查權發揮在重大刑案的破案工作上。當然，偶爾也會發生更改、刪除機憶以藉此脫罪的情事。但是，機憶本身的偽造以現代的技術還辦不到，所以對搜查的進展有長足的貢獻。

而潛入這種機憶當中的，就是像埃緹卡這樣的電索官。

電索官又稱為「DIVER」，能夠連接被害人或加害人的YOUR FORMA，如同潛水一般「潛入」腦海當中，尋找破案的關鍵。由於機憶是在與網路斷開連結的獨立環境下管理，必須直接連線。而且保管狀況還是有如千層派一般的多層結構，資訊處理速度過於平庸的話就連想撈開表層都力不從心。

因此，電索官必須具備特定的資質。那些主要是透過基於遺傳資訊所得的精神壓力耐受度，以及與YOUR FORMA的親和性來判斷。若是從大腦的發展期就開始使用YOUR FORMA，在這種情況下有極低的機率形成極度迎合YOUR FORMA的髓鞘——簡而言之，就是大腦會「過度習慣」YOUR FORMA——在這樣的影響之下，可能造成資訊處理能力有飛躍性的提升。獲選為電索官的都是這種不太尋常的人類。

其中，埃緹卡的能力也是特別突出，至今未能遇見可以與她達成平衡的輔助官。

換句話說，「天才」並非讚美的詞彙，而是最高級的諷刺。

2

他們的目的地聯合照護中心是帶有哥德復興式建築風格的建築物。埃緹卡不禁多看了一眼，也因此讓外牆的全像投影廣告有所反應。YOUR FORMA自動讀取了二維碼，瀏覽器跟著打開購買網頁——真是的，礙事極了。

她帶著揮之不去的疲累感，和負責開車的阿米客思一起抵達了大廳。大廳裡充滿缺乏活力的門診病患，卻找不到任何一個在職業欄顯示電索輔助官的人類。

「新的輔助官好像還沒來呢。」

埃緹卡以鼻息輕嘆。也罷，搭檔遲到她已經很習慣了，這倒是無所謂。

「我想還是由我詳述一下關於他的事比較好。」阿米客思再次這麼表示。「那位輔助官名字叫哈羅德．路克拉福特，最近才剛從市警局調動過來。金髮，身高大約一百八十公分……」

「我不是說用不著嗎？個人資料我看得到，只要見了面就……」

埃緹卡不耐煩地抬起頭看向阿米客思——這是她第一次認真確認了對方的模樣。她為之啞然。只因為是阿米客思，她就沒有多留心，對方的外表端正得令她害怕，年齡設定大概是二十多歲後半吧。一頭金髮用髮蠟整理得無懈可擊，眉毛均勻，纖細的睫毛點綴著眼眸周邊，沒有一點歪斜的鼻梁以及厚薄適中的嘴唇——後腦杓的頭髮微翹，還有右邊臉頰的淡痣，都增添了幾分絕妙的人味。

無論怎麼評斷哪個部分，都可比由工匠畫龍點睛的藝術作品。顯然不是量產型，而是花了大錢的特製款式。

「關於路克拉福特的服裝，今天是蘇格蘭格紋的圍巾，配上毛呢大衣。」

埃緹卡連眨眼都沒辦法——因為眼前的阿米客思正是一模一樣的打扮。就連剪裁毫不特別的大衣都能襯托出其修長的體型。

「難不成……」她突然覺得嘴裡越來越乾。「你在開玩笑吧？」

阿米客思露出和藹的微笑，笑容精緻得讓她感覺胃酸快要衝上來了。

「剛才沒報上我的名字，真是不好意思。我就是哈羅德·路克拉福特。」

阿米客思——哈羅德這麼說，和善地伸出手。

不是等一下別鬧了。

「免談。阿米客思當輔助官這種事我從來沒聽過，你們的工作應該是打雜……」

「的確，阿米客思在搜查單位的工作是管理證據保管室以及維護現場秩序等，查案工作是由人類和分析機器人負責。我的頭銜也不是正式的官方頭銜。」

阿米客思的工作之所以都是雜務，是因為他們不像工業用機器人那樣重視效率及生產性，而是為了追求「接近真人」所打造的通用人工智慧（AGI）——當ＡＧＩ還只是理論的時候，還有學者害怕他們是凌駕於人類之上的超智慧。然而一旦成真，才發現他們只停留在「聰明但服從的機器人」的範疇內，成了人類的好夥伴。

阿米客思的起源是在全球性感染當中，由英國企業諾華耶機器人科技公司開發出來的一具類人型機器人。人工智慧和機器人工學如同YOUR FORMA，是隨著全球感染而成功發展的領域之一。減少人與人的接觸，將感染風險降低到極限，基於這樣的觀點，大量資本投入在代替人類工作的機器人上面。

諾華耶公司以英國政府投注的龐大資金為資本，實現了類人型機器人的實用化。一開始被提供給醫療機關的類人型機器人擁有和人類一樣的外觀，舉手投足間的表情也相當豐富。他們不只做好被交辦的工作，對於人類想要的反應——安慰與鼓勵、共鳴等等——也能夠精準做出回應，撫慰了為病毒所苦的病患以及醫護人員的心靈，紓解了他們的心理壓力。

在日後以「阿米客思」之姿上市之後，更廣泛地普及家庭乃至企業當中。如今，圍繞著如何對待阿米客思這個議題分成了「機械派」與「朋友派」，對立不時引發問題，足見其熱門。

不過，「接近真人」的特質讓阿米客思能掌握周遭狀況，具備應變的彈性，另一方面卻也可說是無法專精。論特定領域的學習深度，終究不及工業用機器人。所以專門職業色彩特別強烈的犯罪搜查主要是分析蟻之類的機器人的領域，而非阿米客思。

然而現在，眼前的阿米客思主張自己是電索輔助官。

「如果你真的是輔助官，為什麼一開始不自我介紹？」

「噢。」哈羅德悠哉地把手收了回去。「不好意思。因為我想先觀察一下妳是怎樣的人……我想，妳在飛機上看了電影吧？」

「咦？」她確實看了。「那又怎樣？」

「片名是《第三個地下室》對吧？」

埃緹卡不禁眨眼眨個不停——他猜對了。他怎麼會知道？

「難不成，有人告訴你？」

「不是，沒有任何人告訴我。妳搭的應該是星辰法國航空，只要上官方網站看就知道了，《第三個地下室》是機上影片的精選作品。」

「……所以呢？」

「像妳這種沒有堅持的人，從最顯眼的精選作品當中挑選影片是最自然的做法。而且受到職業的影響，只有極度具備刺激性的故事才會吸引妳。妳的眼睛因為眨眼次數減少而充血，被勾起的恐懼心讓妳不斷舔嘴唇導致脫皮。所以電影的類型是心理恐懼，而心理恐懼類的精選作品只有《第三個地下室》一部。」

埃緹卡只能目瞪口呆。「你到底是怎樣……」

「我認為，電索官妳這個人不太懂生活情趣對吧？妳身上散發出電子菸特有的香料味。恕我得罪，妳的菸還很便宜。也就是說，妳對吸菸並沒有特別的講究，覺得只要能讓妳分心就好。這種人大致說來，對於生活這件事本身就沒有執著，對時尚和戀愛也完全沒興趣，把工作當成情人。」

她已經連話都說不出來了。面對無話可說的埃緹卡，哈羅德露出滿足的笑。

「這是基本的人類觀察。這樣妳可以理解我具備搜查官的資質了嗎？」

開什麼玩笑——「這個東西」是怎樣啊。

的確，阿米客思為了和人類溝通，能夠掌握人類的情感等資訊。但是，精確到這種程度已經是異常了。這是什麼狀況？

在埃緹卡藏不住困惑的時候——

「冰枝電索官。」

哈羅德已經帶著柔和卻不容拒絕的微笑對她低語。

「在解決案件前的這段時間，我會努力當妳的好搭檔。」

饒了我吧。輔助官是個阿米客思，而且還具有能掌握個人隱私的能力是怎樣。

「那個……給我一點時間。」埃緹卡勉強說了。「我打個電話給上司。」

〈撥打全像電話給戞．十時。〉

來到照護中心外面，埃緹卡毫不猶豫地撥打電話給她的上司十時課長。氣溫明明和剛才差不了多少，不知為何她一點也不覺得冷，足見她內心動搖的程度——全像電話，正確說來是全像遠距投影。是利用全像投影模組，以感覺像是直接和對方見面的方式對話的一種科技，也是YOUR FORMA的功能之一。

『哎呀，早啊，冰枝。』

通話接通之後，十時課長的身影在埃緹卡的眼前「被描繪出來」。銳利的眉眼與鼻梁，讓她在身為女性的同時也給人公正不阿的印象。綁好的黑髮長度及腰，灰色套裝上不容出現任何皺褶——她就是年僅三十五六歲便負責統領電索課的團隊領導。十時的頭銜是上級搜查官，是經由不同於電索官以及輔助官的形式累積歷練的菁英。

『妳知道里昂這邊現在是幾點嗎？是早上八點，上班時間。』

「不好意思。」埃緹卡忍住想脣齒相向的衝動。冷靜下來。「妳沒有告訴我班諾和我的搭檔關係解除這件事，是因為新的輔助官是阿米客思對吧？」

『怎麼可能。我只是忙到忘記說了。』肯定在說謊。十時有時就是會這樣。『我知道妳討厭阿米客思，只是呢，電索官的人數原本就夠少了，然而妳卻每隔一段時間就把搭檔逼到故障住院，讓搜查工作大開天窗。』

「這個……」

『是啊，我知道。因為沒有輔助官能夠和妳達成平衡，我也只能對搭檔間的能力差距視若無睹，也算是我的疏失。可是，我終於找到堪用的搭檔了。』

「結果是阿米客思？」哪裡堪用了？她很想這麼說。「YOUR FORMA和阿米客思的人工智慧，在基本的規格上完全不同，要用〈安全繩〉連線更是辦不到吧。」

『我準備了同時使用HSB連接頭與USB連接頭的特殊〈安全繩〉。連線不成問題。』

「即使是這樣，處理速度還是無法達成平衡，我會燒斷他那邊的迴路。」

『他很特別，所以不會有事。』

「意思是他是特製款式吧？難不成那是妳特地下單訂製的？」

『他原本是隸屬於聖彼得堡警局刑事部的阿米客思，只是為了搜查這次案件才讓他轉調到分局來。』真的是這樣嗎？十時說話的語氣淡定得讓她很想這麼懷疑。『他雖然是特別的阿米客思，但不是我們下單訂製的，如妳所知，我們也擠不出那種資金。』

「可是，妳剛才說妳準備了特殊的〈安全繩〉。」

『那是必要投資。而且不是只為了妳，這個將來也會讓許多電索官受用。』

意思是有一天，輔助官的工作會由阿米客思負責嗎？那才真的是天方夜譚。

『冰枝，他的運算處理能力足以和妳的資訊處理能力達成平衡。數字已經證實了這件事。』十時改用開導的語氣。『總會之前也提議過要裁撤妳，可是我一直斷然否決。妳是不可多得的人才，以世界最年輕的紀錄成為電索官就是鐵一般的證據。』

世界最年輕的天才電索官——埃緹卡想起過去一時之間曾經成為媒體的熱門話題，當時的苦楚回到心中。她任職這份工作是在三年前，跳級的她剛從高中畢業，十六歲的時候。「天才」這稱號聽起來是那麼沉重，但當時的她完全沒有感覺到一絲諷刺。

在她第一次燒斷輔助官的腦神經那天，一切都變了樣。

『而且用這個方法的話，就不會傷害到人類輔助官了。』

這的確是個好消息。把這一點搬出來的話，她只能把所有反駁往肚子裡吞。

『都說了這麼多妳還不願意的話，妳就得學會一個人潛入再回來的能力了。』

「辦不到。正是因為沒有任何人能夠辦到，現在才會採用搭檔系統。」

像埃緹卡這樣的電索官由於專精在資訊處理能力上，一旦開始電索就無法控制。說起來就像是高空跳傘，跳下去之後就只能垂直下墜。正因如此，才需要交由充當安全繩的電索輔助官來監控，在適當的時機將她抽離回來。

『妳願意接受吧？』

很顯然地，十時完全不打算讓步。當然，埃緹卡也是打從一開始就不覺得自己能夠拒絕，更何況她還保護埃緹卡免受總會的壓力。一個堂堂正正的成年人，應該要對她心懷感激才對。

但是，代價是接納阿米客思當搭檔嗎？

埃緹卡為了自己的失禮向十時道歉，然後切斷通話。她亂抓了一陣瀏海。她很清楚自己只能死心——而且反正那個阿米客思也會馬上壞掉吧。十時似乎相信她和阿米客思的能力能夠達成平衡，但並沒有實際試過。

之前的輔助官沒有一個例外。

即使換成阿米客思，也不可能那麼容易就成功。

「冰枝電索官，妳這通電話講得還真久。」

照護中心的住院病房裡面相當昏暗，還悶著一股老舊的氣味。在人類醫師的帶領之下，埃緹卡和哈羅德一起走在走廊上。他們不時和探病的訪客還有護理師阿米客思擦身而過。

埃緹卡沒好氣地說：「那又怎樣？」

「不用說我也知道，妳申請更換搭檔了對吧？」

「沒有。」她心急之下不小心這麼回答。糟了。「我沒有說到那個地步。」

「那真是太好了。」哈羅德露出微笑。「冒昧問一下，妳討厭阿米客思吧？」

被發現了。感覺像是喉嚨被一把抓住似的。以她剛才的態度會被發現也很正常，不過被當面這麼點出來實在是有點尷尬。

「雖然對你不太好意思，不過……就是這樣。」

「沒關係，我並不在意這種事情。一開始的契機是什麼？」

「我不談私事，今後也請你這樣。」

「原來如此，我不討厭公私分明的人。這種人值得尊敬。」

「不是……」是怎樣，不把話挑明了講就聽不懂嗎？「換句話說，我的意思是不打算和你裝熟。」

「那個……不好意思，差不多該讓我交代感染者的詳細狀況了吧？」

她赫然驚覺，走在前面那位過瘦的醫師，正以帶著責怪的視線看著廢話個沒完的他們。

「抱歉。」真是夠了，得轉換思考才行。「第一位感染者被送進來的時候，是兩天前對吧。」

「是的，到今天早上為止住進我們這裡的有十二名，芭蕾學院的學生占了半數，所有人都是因為失溫症被送過來的。『病患都說風雪非常大』。」

醫師以下巴示意窗外——天空帶著朦朧的亮度，像睡眼惺忪的視野似的看不清。忙碌的貨運無人機不停穿梭，卻不見任何一片雪花飛舞。

「風雪在感染者的『腦袋裡面』。」埃緹卡說了。「共通的幻覺是這次知覺犯罪的特徵。」

知覺犯罪是以電子病毒感染YOUR FORMA而引發。以這次的連續案件而言，第一起案例是這個月上旬在華盛頓特區得到確認，之後接連在巴黎、聖彼得堡單獨發生。

感染者的共通症狀是全部都有風雪的幻覺，以及隨之而來的失溫症。

「我也在看過病患後閱覽了之前的新聞，好像是新品種的自我繁殖病毒啊。」

「是的，而且使用YOUR FORMA的完整掃描也偵測不出來。現在，開發廠商利格西堤已經成立分析小組進行調查。」

目前為止，關於這種新病毒只查明了兩件事情。

一、會從一名感染源透過YOUR FORMA的訊息和電話等方式廣為傳染。

二、病毒的潛伏期只有非常短暫的十五分鐘，具感染力的期間也只有這個時候。

——關於感染力，比起病毒本身的問題，由於在發病後會讓YOUR FORMA陷入無法運作的狀態，理所當然必定會讓感染途徑消失。

目前尚未找到除去病毒的手段，處理方式也相當有限，只有使用運作抑制劑停止YOUR FORMA本身的功能，或是動移除手術將YOUR FORMA取出這兩個選擇。

「但是看見風雪的幻覺也就算了，虛假的雪讓身體受到影響實在是……」

「我們電子犯罪搜查局對於這一點也相當頭大，不過目前認為是一種反安慰劑效應，說是古早以前的布亞美德的實驗應該比較容易理解。」

「那是什麼？」

「簡單說，是證明人會因為強烈的暗示而死的實驗。實驗對象以蒙住眼睛的狀態綁在床上。醫生告訴他『失血超過三分之一會死亡』之後，以手術刀割傷實驗對象的腳拇指。傷口只有一點點，然後，血就會一滴一滴流出。」

「實際上並沒有真的劃傷，實驗對象以為是血的東西也只是水滴。」哈羅德擅自接著說下去。「實驗當中每過一小時就會向實驗對象報告假造的出血量。幾小時後，醫生告知實驗對象出血量終於達到三分之一，之後實驗對象明明毫髮無傷卻死亡了。」

埃緹卡的表情略顯不悅。「真虧你知道。」

「我以前在網路上看過。我們『不會忘記看過的東西』。」

「對啊，我們的護理師阿米客思也是這樣。之前重要的病歷資料連同備份一起消失的時候，就是阿米客思從記憶當中全部輸出，成功復原。」

「那對我們而言不算什麼。」哈羅德微笑。「只是電索官，布亞美德的實驗在邏輯上似乎有些牽強吧？」

「大腦原本就是容易受騙的器官。」埃緹卡壓低了聲音。「以YOUR FORMA那種與大腦化為一體的裝置為前提的話，布亞美德是十分符合邏輯的說明。」

如此這般，埃緹卡他們來到的病房是有十五張床位的大房間。病床上各躺著一名感染者，都因為鎮定劑的藥效而沉沉入睡。看來病況很穩定。

「我們遵照你們的要求，已經將所有人用〈探索線〉連在一起了。」

醫師這麼說——使用在電索上的〈探索線〉以及〈安全繩〉都是所謂的HSB纜線。Human Serial Bus是YOUR FORMA專用的序列匯流排規格。基於保護個人隱私及防止濫用的觀點，禁止一般民眾持有，只有特定的醫療機構和搜查機構能獲准使用。

「呃——你們要從這裡面找出感染源是吧。其中有犯人的線索嗎？」

「還不知道。在潛進去看過之前，什麼都很難說。」

在華盛頓和巴黎都是，雖然可以追查到感染源，像是奧吉耶，卻找不到病毒的感染途徑和犯人的線索。不但YOUR FORMA和機憶裡面沒有留下痕跡，就連感染源本身也主張：「不知道是在哪裡感染到病毒的，毫無頭緒。」

正因如此，埃緹卡想祈禱這次不會落空。

「不過——」醫師不安地放眼望向室內。「妳要對十二個人做並行處理啊。我沒見過能同時處理兩人以上的電索官呢……這樣不會造成精神錯亂，引發自我混淆嗎？」

「沒問題。我就是因為可以進行多人並行處理才被叫過來的。」

記錄在機憶當中的情緒會如同自己本身的情緒一般通過內心，因此不時會發生電索官陷入自我混淆，需要心理治療的「意外」。然而以埃緹卡而言，即使進行多人數的並行處理，也從來不曾被那些人的情緒淹沒。

真要說的話，比較需要擔心的是哈羅德的處理能力。

「所以說——」埃緹卡看向阿米客思。「路克拉福特輔助官，我和你的〈安全繩〉呢？」

「上級交代我用這個。」

哈羅德拿出連接電索官與輔助官的〈安全繩〉。設計和普通的〈安全繩〉不一樣，有著金線和銀線交互織成般的色澤，微微閃著亮光。

埃緹卡皺起眉頭。「『特別訂製的』……是吧。」

「是的。這個可以將監控妳的時候傳過來我這邊的資訊，轉換為以我的迴路也能夠理解的形式。」

十時課長說過，這是「必要投資」。然而，埃緹卡還是不覺得會順利。目前為止的負面經驗一直揮之不去。

埃緹卡依然提不起勁，把〈安全繩〉插進後頸。比起〈探索線〉，〈安全繩〉不算太長。哈羅德為了連線而來到埃緹卡眼前，所以她壓抑住想反射性轉過頭並且拉開距離的衝動——真的已經很久沒有和阿米客思這麼接近了。

如果不是工作，她肯定不會這麼做。

「電索官，我接好了。」

「噢，嗯。」埃緹卡看了哈羅德一眼——然後愣了一下。他把左耳滑開，將接頭插進出現在底下的USB連接埠。「那個……有什麼問題嗎？」

這種時候，再怎麼不願意也會被迫認知到這是和人類極為相似的機械。

老實說這有點，不對，是相當詭異。

「沒什麼問題，頂多只是有點緊張。」和他說的話正好相反，他臉上的笑容十分放鬆。「妳好像很鎮定。」

「……我習慣了。」

她說謊。實際上她心裡相當忐忑。理所當然地，她之前從來沒有和阿米客思把腦袋連在一起。

但是，已經無法回頭了。沒問題，停止思考不是妳最擅長的嗎？

三角連線完成之後，埃緹卡深深呼了口氣。

像平常那樣就可以了。

「開始吧。」

在她如此低語的瞬間，感覺隨之滑落——轉眼間，她已經掉進電子之海當中。

先從表層機憶開始——和心愛的愛犬蹭臉；想保護他；看見大聲怒吼的朋友；悲傷爆發到心臟刺痛；觸碰全新的芭蕾硬鞋；興奮不已，真想立刻跳起舞來；為了打發時間而回顧朋友的SNS發文；起司沉進咖啡裡的圖片滑了過去；馬林斯基劇院出現在眼前；明明被貼滿了廣告，卻美得閃閃發亮；心神嚮往之處……積蓄在YOUR FORMA的機憶當中共十二人份的日常、情緒，化為零散的碎片呼嘯而過。喜怒哀樂的狂風暴雨胡亂打在埃緹卡的心頭。但是，那些都不是自己的情緒。關閉感覺，當成事不關己，冷靜地逆來順受。

『如果死了，我才不會原諒妳。』

突然響起的耳語——是誰？

『差點被妳害死了。』『我再也不要和妳搭檔了。』

不對，這是埃緹卡本身的機憶。為什麼在潛入自己的機憶？弄錯掉落的方向——對了，這說不定是「逆流」。糟透了。

看見了。

影像是昏暗的走廊；令人毛骨悚然；是醫院。窗外，星光落在街景上；過去不曾重視過的搭檔們的呻吟聲不知從哪裡傳來；還聽得見啜泣聲，屬於搭檔的家人和朋友，或是情人。『不可原諒』、『機械似的』、『真不該搭檔的』、『給我道歉』、『這叫天才？』、『消失吧』。沒什麼。算不了什麼。不管他們怎麼說都不會痛；會痛的應該是被我傷害的他們才對。這樣告訴自己。

關上；脫離；這裡沒有必要。

世界不自然地轉換。總算是修正了軌道，被導向感染者們在網路上的行動歷史紀錄。進入SNS和收件匣。太好了，找回水準了。無數的聊天紀錄有如風暴過境——明天學校見；我和爸爸吵架了；朋友說他買了阿米客思；我買了新的硬鞋；倒數派對的時候……訊息川流不息地落下。散布在各處的點狀資訊隨著機憶彼此碰撞，連在一起，通往感染源的路徑跟著浮現。

頓時火花一閃，成了阻礙。

看見了令人懷念的姊姊的臉孔。浮現在稚氣臉龐上的略顯成熟的微笑；淡桃紅色的唇間露出潔白的牙齒——這又是埃緹卡本身的機憶。

『埃緹卡，握著我的手。我幫妳施魔法讓妳不會冷。』

好想她。如果真的能再次握到她的手，這次，我絕對不會放開。沒有人能讓我放手——不對。冷靜下來，別被自己本身的情緒淹沒了。

得關上才行。

掙扎。速度變得太快了。真想停下來。不對，不可以停止。快轉舵，轉向感染者那邊。腦袋被用力一扭的感覺隨之擴張。好熱。回去十二個人的機憶那邊，找出所有人的機憶交錯、擦身而過的地點，追尋站在那裡的感染源，然後——

「看見了」。

視野倏地綻開。

老舊的氣味竄過鼻腔，埃緹卡回到病房裡。她喘了口氣，額頭上滲著汗水——已經有所覺悟了。就像班諾那時候一樣，醫師的慘叫就要傳入耳中了。好了，來吧。

然而無論過多久，她都沒聽見叫聲。

「找到了呢。」

輕柔的嗓音從上方落下，讓埃緹卡停止呼吸。

身旁的哈羅德若無其事地站著，和開始電索前沒兩樣，一臉雲淡風輕的表情。他的手上握著從埃緹卡的後頸拔出來的〈探索線〉，既沒有像班諾那樣倒地不起，連一點不對勁的樣子也沒有。完全沒有發生異常——真不敢相信。

「怎麼了，電索官？」

噢——這表示十時課長的判斷是正確的。

在成為電索官之後，這還是頭一遭。即使不至於倒下，和她進行電索的輔助官們在結束之後肯定都是一臉疲憊。一次又一次累積像這樣的負擔，最後一個又一個早早就故障。沒有任何一次例外。

但是無論怎麼看，哈羅德都沒有受創。不僅如此，甚至一點疲勞的感覺都沒有。

她總有點想要相信的想法。想相信和那種機械不可能順利潛入，不應該有這種事情，不想接受。然而，現實似乎非常諷刺。

終於找到了能和她達成平衡的搭檔，對方卻是她最討厭的阿米客思。

「電索官？我弄錯抽離的時機了嗎？」

哈羅德疑惑地探頭望著她——有如清晨的湖水一般冰冷的眼眸。刻畫而成的深邃虹膜；爬在眼白上的澄澈血管。漂亮而冷硬，完美的眼睛。

那種不像生物的感覺甚至讓她有點羨慕。

「沒有……」她總算擠出沙啞的聲音。「時機很完美。」

「謝謝妳。」

「太驚人了。」醫師佩服不已地開了口。「沒想到居然真的能成功進行十二個人的並行處理……心理狀態還好嗎？身體的狀況呢？」

埃緹卡回答沒事，潤了潤乾燥的嘴脣。她硬是把思緒拉回搜查上面——然後一邊整理得到的情報一邊抬頭看著哈羅德。

「感染源的名字是克拉拉．李，芭蕾學院的學生。只是……『她不在這裡』。」

3

身為感染源的克拉拉．李從感染當天就沒去芭蕾學院。

根據YOUR FORMA的使用者資料庫，李是挪威人，來自芬馬克郡希爾克內斯鎮的十八歲女孩。她以留學生身分進入聖彼得堡的芭蕾學院，在學生宿舍裡生活。沒有犯罪前科，和華盛頓以及巴黎的感染源相同，似乎是善良的普通民眾。

但是不知為何，她掩藏了行蹤。

「根據我的推測，她只是受害者。既然如此，她為什麼非得逃跑不可？」

「或許是感染給朋友的罪惡感所致。我正在調查李的SNS。」

埃緹卡和哈羅德現在一起坐在拉達紅星裡面晃蕩。距離他們從聖彼得堡出發，前後已經過了兩個小時，差不多是可以看見芬蘭的邊境檢查站的時候了。

他們詢問芭蕾學院的結果，李似乎是以祖父的喪禮為由請假。然而根據資料庫表示，她的祖父幾年前已經過世。換句話說，李說謊了。

調查過聖彼得堡市內的監視無人機之後，他們發現李在距離學生宿舍最近的停車場租用了共享汽車。確認過行車路徑的結果，車子在距離李的故鄉五百公里遠的凱於圖凱努就讓她下車了，理由不明。至少能夠鎖定李的定位資訊的話就省事多了，但是遭到感染的YOUR FORMA就連電波訊號都會中斷。

因此埃緹卡他們也是迫於無奈，只能乖乖循著李的足跡走，才像這樣前往凱於圖凱努。但是，和阿米客思一起關在狹窄的車子裡面讓她心情相當沉重。

「電索官，請看這個。舞姿相當完美呢。」

哈羅德把全像瀏覽器塞了過來。瀏覽器播放著身材纖瘦的李穿著芭蕾舞裙，以柔韌的身段跳著舞的影片。大概是上傳到她的SNS的片段吧。

「這是巴黎火焰的變奏舞，軸心完全沒有偏移，技術水準連職業舞者都會汗顏。」

「無論她有多麼優秀，都和案情無關。」

埃緹卡為了分散寒冷的感覺，將手放在正在自動行駛的方向盤上——副駕駛座上的哈羅德從剛才開始就用手錶型的穿戴式裝置瀏覽李的SNS。阿米客思雖然能連上網路，但僅限於IoT連線等用途，他們在使用網際網路的時候還是需要終端機。

「那麼，妳覺得這個怎麼樣？這種喝法相當奇特呢。」

他接著秀出來的是加了大量起司的咖啡的圖片，還加上了「我的最愛」的文字——和她不久前在機憶當中窺見的一樣。埃緹卡讓YOUR FORMA分析圖片，在網路上導出答案。

「咖啡配山羊奶起司……是少數民族薩米人的飲食文化啊。」她進一步跳到相關資訊上面。「李前往的凱於圖凱努，好像有很多薩米人居民。」

「那一帶是機械否定派（盧德分子）生活的技術限制區域對吧。其中提到薩米人，應該還有人是表面從事馴鹿畜牧，暗地裡沾染無照醫生業務才對。」

「這件事在我們搜查局裡面很多人知道。不過正確說來不是無照醫生，而是生物駭客就是了。」

所謂的生物駭客，是透過相關機件植入技術改造委託人的肉體，藉此賺取報酬的人。施術時會使用違法藥劑以及肌肉控制晶片等，因此也有人叫他們無照醫生。這樣的生物駭客有許多是受黑社會組織僱用的少數民族。他們為了維持文化，容易陷於貧困，不時可見為了換取高額報酬而承接工作的案例。當然，這種行為觸犯法律。

「也就是說，李為了取出受到感染的YOUR FORMA，去找生物駭客……可是，如果是這樣，去普通醫院就夠了，應該不需要刻意多冒風險才對。」

「是的。」哈羅德點頭。「我想李會不會是『一心把幻覺症狀當成是體內的其他機械出狀況』了呢？」

「什麼意思？根據資料庫顯示，她的身體很健康，沒有特別提到慢性病。她沒有必要特地在身體裡植入YOUR FORMA以外的機械吧。」

「這麼說來，電索官，妳看過芭蕾舞嗎？」

埃緹卡不停眨眼。他沒頭沒腦地在問什麼啊？

「我像是看過嗎？說我不懂生活情趣的是你吧。」

他縮了一下脖子。「雖然已經太遲了，我很抱歉，那樣形容一位女性太失禮了。」

「不是，我要說的不是這個。」再說，她一點也沒想過哈羅德會把自己當成女人看待。

「所以呢，芭蕾怎麼了？」

「不……」哈羅德猶豫了一下。「我看還是晚點再說明吧。」

就這樣，車內陷入沉悶的寂靜。

如坐針氈。埃緹卡怎樣也靜不下心，便打開車窗。儘管刺骨的寒風劃過臉頰，她也不在乎，叼起了電子菸——哈羅德知道她討厭阿米客思。如果像班諾那樣把情緒表露在外，她的心情還比較輕鬆，但哈羅德不是。他表現得冷靜，更讓人不知道他在想什麼。

埃緹卡把煙吐到窗外。

「電索官，妳是從什麼時候開始抽菸的？」

這時被哈羅德這麼一問，讓她嚇了一跳。真希望他不要管這麼多。

「我應該說過我不談私事才對。你不喜歡，我可以熄掉。」

「我不介意，我喜歡薄荷的香味。」

「……也有人說這種潮流口味不算菸就是了。」

「原來如此，應該告訴那種人這比尼古丁健康多了。」

他們的敬愛規範不管如何都會讓他們對眼前的人類採取善意的態度，無論自己的內心封閉得多緊，這一點都不會改變。他們最擅長用這種方式溜進人類心中——我才不會上這種當。

「還是說說工作吧。你擔任我的輔助官之後真的都沒怎樣嗎？」

「是的。我的能力與妳對等是已經得到證明的事情。妳不相信數字嗎？」

不是不相信，只是不想相信罷了。雖然不想承認，他和埃緹卡的處理能力契合得令人驚訝——證據就是剛才的電索當中發生了「逆流現象」。

與輔助官的親和性夠高的話，電索官有時會不小心提取出自己的機憶。由於過去一次也不曾和足以達成平衡的對象一起潛入，這也是她第一次親身經歷。

「剛才發生逆流現象了……你看到什麼了嗎？」

「沒有。輔助官會共享的只有電索官潛入的目標的機憶，而且還是以像在看快轉電影的形式傳送過來。」

「這個我知道。」然後要是跟不上，就會像班諾一樣燒斷腦神經。

「妳打開自己的機憶時，影像會中斷，變成雜訊。也就是說我知道發生了逆流，但是不會看到妳的機憶。」

「這樣啊……我會努力盡可能抑制住的。」

自己的機憶沒有被哈羅德窺見，老實說光是這樣就讓她鬆了口氣——不過，關於自己和阿米客思的配合度特別優異這個事實倒是完全無法放心，不如說差勁到了極點。

「別那麼厭煩嘛。」

「並沒有。」

「距離抵達凱於圖凱努，還有十三個小時。」哈羅德露出優雅的微笑。「要讓妳克服阿米客思厭惡症，和我變得親密，已經相當足夠了。」

埃緹卡終於板起臉了。他到底在想什麼啊？

「我應該說過不打算和你裝熟才對。」

「是因為我是阿米客思對吧？」

「和任何人都一樣，我不想動不動就套交情。」

「我倒是非常想知道關於妳的事情。」

「那是你個人的期望，我拒絕。」

是怎樣？人類都表示拒絕了，阿米客思就應該要有阿米客思的樣子，退一步尊重人類。她打從一開始就這麼覺得，哈羅德實在很厚臉皮。坦白說，他看起來甚至有「個人特質」。

「說起來，混熟了有什麼意義嗎？帶入個人情感只會在工作的時候礙手礙腳。」

「我太吃驚了。」他做作地瞪大眼睛。「沒想到電索官想要那麼親暱。」

「啥？」他在說什麼啊？

「說到會在工作的時候礙手礙腳的個人情感，就只有那種了吧，不是嗎？」

光是沒有立刻一巴掌搧倒這傢伙，埃緹卡就想誇獎自己了。

「路克拉福特輔助官……你看得到我腳上的東西嗎？」

「是電子犯罪搜查局的標準配槍，芙蘭瑪15。」

「你說的沒錯。然後，你是阿米客思，所以禁止攜帶武器，沒有抵抗能力。」

「我只是開個玩笑，請不要生氣。」哈羅德把手放在窗框上，露出一派輕鬆的笑容。「妳這個人真有意思，我們一定可以變成好朋友。」

乾脆真的給這傢伙一槍好了。在冒出這個不可能成真的想法的同時，埃緹卡憑著怒氣關掉電子菸的電源，關上車窗，然後粗暴地打開暖氣的開關。「五分鐘過了，現在換我取暖。」

「好的，那我忍耐五分鐘。」

喜歡寒冷的哈羅德與體感溫度正常的埃緹卡，在出發的時候就決定好暖氣採用五分鐘一輪的輪班制。輸給堅持己見的機械真是太窩囊了。

「聽好了，不要隨便捉弄人類。」

「我可沒有捉弄妳，只是想和妳打好關係而已。」

「下次你再隨便亂說話，我就要獨占使用暖氣的權利三個小時。」

「不過我有點好奇就是了，既然妳那麼冷，與其穿褲襪，不如換穿厚一點的長褲比較好吧？」

「這是發熱纖維，方便活動，也夠暖和了。只是還稱不上完美……」

「換句話說，純粹是妳本身怕冷。」

「不對，是你比較奇怪，冰點下還不覺得怎樣根本不是人類。」

「妳很清楚嘛。」

「……我不是那個意思。」麻煩死了！

他們的目的地凱於圖凱努是非常閑靜的鄉下小鎮。說起來，建築物也沒有密集到足以稱作鎮。以穿越廣大雪原的幹線道路為中心，充滿懷舊感的山間小屋風格民宅、教堂、郵局、學校等分散在各處——在技術限制區域，住的是在全球感染時代拒絕了以縫線型裝置為首的科學技術而過活的少數派，他們被稱為「機械否定派」。像這樣分區居住是在世界各地都有的現象。

現在是極夜期間，即使過上午九點，太陽也不會升起。天空帶著聊勝於無的亮光，載著埃緹卡他們的拉達紅星在這樣的天空下，停在鎮上唯一的超級市場的停車場。

「查不下去了。」埃緹卡坐在駕駛座上，叼著能量果凍的鋁箔包呻吟。「既然沒有監視無人機，就沒有尋找李的手段了。」

要掌握無法靠YOUR FORMA追查的搜索對象的蹤跡，最可靠的就是配置在鎮上的監視攝影機以及無人機了。這點無論是以前還是現在都沒有改變。然而令人害怕的是，這裡完全不存在那些東西，就連送貨都是靠人力配送。限制區域當中，有些地區基於維持治安的觀點導入了監視攝影機，相較之下這裡未免太悲慘了。

「這個小鎮只是維護著限制區域應有的姿態而已。」哈羅德說著，也打開能量果凍的包裝。「難得來這麼一趟，不如多欣賞一下這片閑靜的風景如何？」

「這種石器時代似的景色有哪裡可以欣賞？」

「至少有到青銅器時代吧？」

「你的真心話冒出來了。」

「我們在這裡盯梢吧。」哈羅德看了超市的建築物一眼。「這裡是這個城鎮唯一的食品供應處。在這個連無人機都不飛的地區，我不覺得會有人用電商網站買東西，所以李有十二成的可能性會出現在這裡。」

怎麼可能那麼順利？最基本的問題，李只是在凱於圖凱努下了共享汽車，就連她是不是還停留在這裡都無法肯定。

話說回來，搭車移動十五個小時以上實在很折騰人。埃緹卡累成一灘爛泥的身體陷在座椅裡——看向哈羅德，他已經把能量果凍的包裝放到嘴邊。

阿米客思可以和人類一樣以口攝取食品。話雖如此，他們的動力源是使用了循環液的發電系統，不是從食物產生能量。這頂多只是表現「接近真人」的額外功能，吃進去的東西會在人造胃當中分解消失。

「回去之後，我想喝熱熱的羅宋湯。這種果凍太難吃了。」

「難吃？五大營養素裡面全都有，而且瞬間就能解決一餐，很方便的。」

埃緹卡不以為意地這麼說，讓哈羅德毫不掩飾地皺起眉頭。

「電索官，妳該不會是把充電埠藏起來了吧？就像初期型的阿米客思那樣。」

「啥？我才想說你咧，什麼好吃難吃的，表現得更像機械一點好嗎？」

在來到這裡的路上，埃緹卡唯一確定了一件事——無論如何自己都不可能和他打好關係。一方面當然是因為他是阿米客思，但更重要的是，他和自己在太多方面正好相反了。

總之——埃緹卡如此重整心情。必須擬定下一個策略才行。她使用YOUR FORMA展開這次案件的資料。有沒有漏掉什麼蛛絲馬跡？

至於哈羅德，則是定睛觀察在超市出入的客人。難道他有什麼確定李會經過的證據嗎？如果真是這樣就好了，但實在不太能夠期待。

時間就這麼一分一秒流逝。從窗戶一點一點滲進冷空氣，從身體的末梢逐漸奪走熱能。天空略為變亮，最後又逐漸黯淡，鎮上的燈火開始一盞盞亮了起來。

就在已經完全放棄的埃緹卡開始不住點頭，身體跟著前後搖晃打起瞌睡的時候。

「電索官，請妳醒醒。」

「嗯嗯，不要……今天別想叫我起床了……呼嚕……」

「妳睡昏頭了啊？我找到李了。」

什麼？埃緹卡瞬間清醒——擋風玻璃之外，停在超市入口附近的藍色吉普車映入她的視野。駕駛座的車門正好關上，她沒看見上車的人的長相。

「就是那輛吉普車。正確說來不是李本人，而是藏匿她的薩米人。」

「什麼意思？」她摸不著頭緒。「沒有任何資訊指出有人藏匿李啊……」

「不會錯的。妳知道我的眼力吧？請相信我。」

誰敢相信啊。純粹只靠觀察就看穿人種，不僅如此，還能得知對方是不是把李藏匿在自己家裡，這種事怎麼可能辦到啊——但是她的腦袋還沒開始正常運轉，無法組織合乎邏輯的反對論述。三拖四拖的，吉普車已經亮起車尾燈的紅光，開始起步。

「請跟上去。還有，我覺得趕快把妳的口水擦掉比較好。」

「才不是口水，我可沒有睡到那麼熟，不對，就算我熟睡了也不會流口水。」

「電索官，吉普車要跑掉了。」

「啊啊夠了喔我知道啦！」如果他判斷錯誤，之後一定要好好抱怨一頓！

埃緹卡將拉達紅星切換為手動駕駛，踩下油門。他們追著離開停車場的吉普車，滑到幹線道路上。但是除了他們以外沒有其他車輛，而且視野十分良好。

「沒得躲，這樣根本不算跟蹤……」

「反正居民會用的馬路也就那麼幾條，不會被懷疑的。」

埃緹卡傻眼了。「開這種一看就知道是俄國出產的車還敢說。」

開了五公里左右，吉普車忽然減速。之後沒多久，吉普車沒打方向燈就左轉了，接著直接開進一間民宅的土地裡，停了下來。

埃緹卡故意開過吉普車轉彎的路口，前進了幾公尺後才把拉達紅星停在路肩。「下車了。」哈羅德喃喃說了。阿米客思的視力很好。「看吧，沒被發現。」

埃緹卡拿起儀表板上的望遠鏡，望著吉普車。幸虧望遠鏡有夜視功能，她看得一清二楚——對方是個相當年輕的女孩，年紀和自己差不了多少。個頭嬌小，栗子色頭髮綁成可愛的三股辮。她正努力抱起一個鼓得大大的紙袋。

理所當然地，是個非常普通的女孩，看不出她有沒有藏匿李。

「所以，你怎麼會覺得是那女孩？李的ＳＮＳ貼了照片嗎？」

「不是。我來說明，妳仔細看看她。」哈羅德如此要求，埃緹卡只好不情願地照做。「她的手腕上掛著手鍊。那是用馴鹿的角以及肌腱、皮革和白鑞編在一起的杜歐吉，是薩米人的傳統工藝品。」

「假使她真的是薩米人好了，薩米人也並非全都是生物駭客。只憑一條手鍊就認為那個女孩藏匿李，未免跳得太快了。」

「但是，她採購了大量的即食調理包。除了她以外，沒有人採取那樣的行動。刻意避開生鮮食品，大概是因為想減少出外買東西的次數吧？這表示她有不想外出被人看見的理由。」

「不是……你怎麼知道那是即食調理包？」

「看紙袋鼓成那樣，肯定沒錯。」

信口開河——她正想這麼說的時候，望遠鏡那頭的女孩正好抱起來的紙袋整個翻倒。散落在雪地上的東西不是別的，正是即食調理包的包裝。埃緹卡在心中大驚失色。見面的時候她也這麼覺得，這個阿米客思肯定有透視能力。

「最重要的是，她在停車場的表現。她異常注意四周，同時還把手放在頸項上。摸脖子是緩解心理壓力的非語言（Nonverbal）行動，本地的超級市場應該是相當熟悉的地方，去這種地方有必要感覺到負擔嗎？」

「誰知道……也許是在擔心其他事情之類的？」

「沒錯，因為她做了虧心事。買完東西，把東西放上車的時候也很明顯。她的腳尖張開的幅度很不自然，其中一邊的腳趾一直對著停車場的出口。這表現出隨時都想逃跑的心理狀態。她想逃跑的理由是什麼？」

不要一直問。「至少不是順手牽羊吧。這個小鎮原本就不大，她和店員應該都認得彼此。」

「是的，妳說的沒錯。她只是在保持警戒，不想被人看出她藏匿了李。」

「就說你跳太快了。再說，李是不是真的來求助生物駭客都還……」

「電索官說過自己沒看過芭蕾。」哈羅德委婉地打斷了她的發言。「李的舞步太完美了，完美得動作和肌肉的生長方式沒辦法搭在一起……這樣妳應該懂了吧？」

埃緹卡放下望遠鏡——她總算找到剛才抱持的疑問的解答了。

「也就是說，李『早就靠生物駭客技術在作弊了』？」

「沒錯。而她正是為李施術的生物駭客，所以才藏匿了她。」

如果是這樣，前因後果確實都搭得起來。

李原本就改造身體來作弊，成了芭蕾舞伶的明日之星。生物駭客和使用禁藥是同等的惡質行為，在體育界受到嚴格的規範。如果這件事情曝光，她的舞者生命很可能就此斷絕。如同哈羅德所說，李一心認為病毒感染是生物駭客的改造出了狀況，所以沒有去醫療院所，而是再次求助薩米人生物駭客。

但是，目前還沒有確切的證據。她不想認同阿米客思的實力，這種傻氣的自尊讓她這麼想。

「比方說，這也是一個想法吧？」埃緹卡硬是擠出自己的推測。「那個女孩最近碰上了壞事，像是被霸凌之類，所以暫時陷入對人恐懼的狀態，即使是去本地的超級市場也無法不在意別人的眼光。現在因為心情低落，就連煮飯的力氣也沒有，才都買可以存放又容易烹煮的即食調理包……你有沒有在聽啊？」

「我有在聽。的確，那也是一種非常有可能的狀況。」

哈羅德看著後照鏡整理頭髮。這個傢伙突然來這套是怎樣？

「我想說去對答案之前，應該先確認一下儀容比較好。」

「喔，是喔。」機械還管什麼儀不儀容啊。「說是這麼說，你後面的頭髮還是亂翹啊。」

埃緹卡話中帶刺地提出這一點，他先是用力眨了眨眼，然後露出理所當然的微笑。

「這是故意的。因為，留點小缺陷才比較可愛嘛。」

啊，怎麼辦好想揍他。

4

下了拉達紅星時，稍縱即逝的雪花開始飄現。

女孩的家，形容成老舊的山間小屋最為貼切。三角屋頂下方掛著大量冰柱，色彩鮮艷的外牆因風雪吹襲而結凍。埃緹卡他們站上露臺，在玄關門上敲了幾下，過了一會兒，剛才的女孩現身了。

「哪位？有什麼事？」

她顯然有所提防——近距離一看，女孩的長相意外地漂亮。臉上沒有化妝，澄澈的綠眼睛相當堅定。不是在城市裡會看見的那種精雕細琢的美，而是在無人造訪的森林深處默默結果的果樹，帶著凜然的香氣。

「國際刑事警察組織電子犯罪搜查局。」埃緹卡亮出證件。「為了查案，我們在這附近找人問話，方便耽誤妳一點時間嗎？」

「……請問在查什麼案子？」

「詳情不方便透露，不過是電子犯罪。似乎有關係人混進這一帶了。」

埃緹卡斟酌用詞加以說明，女孩猶豫了一下後請他們入內。如果真像哈羅德所說，她做了什麼虧心事，應該要多抵抗一下才對吧。還是說，她覺得堅持拒絕反而顯得可疑？搞不懂。

他們被帶到客廳，裡面裝潢成鄉村風格。暖爐上擺著一排編了銀絲的手鍊（杜歐吉），女孩請他們坐的沙發上面也鋪著馴鹿毛皮。

埃緹卡一邊坐下一邊問。「請教大名？」

「我叫比加。」女孩正好將她端過來的托盤放到茶几上。「那個，不好意思，現在

只有我一個人……家父上山去了，暫時不會回來。因為這個時期一天到晚起冰霧，害得馴鹿群經常走散。」

看來真如哈羅德的判讀，這個女孩是薩米人。埃緹卡忍不住偷看身旁的阿米客思——他察覺到視線，揚起一邊嘴角，笑中甚至感覺得到從容。

「令尊只靠馴鹿畜牧維持生計？沒有做其他第一級產業當副業嗎？」

「想做也沒得做。最近即使是在限制區域內，也有外面的業者會帶機器人進來，所以工作輪不到我們手上……因為這是國家的方針，我們也無可奈何。」比加把馬克杯推到埃緹卡前面。「請用，不嫌棄的話。」

杯子裡面是極其普通的咖啡。亮麗的黑色，香醇的氣味，不像在李的ＳＮＳ上看到的那樣加了起司——或許那是不會拿來招待客人的私人喝法吧。那麼，李不單是客人嗎？和比加的關係還要更親密？

「啊。」

忽然，比加叫出聲來。埃緹卡看了過去，正好是她要將馬克杯遞給哈羅德，結果兩人的手好像碰了一下，灑出些許咖啡。

「對不起，我太不小心了……！」比加慌了起來，用準備好的毛巾擦拭他的手。

「有沒有噴到裝置？弄濕的話會壞掉。」

「不打緊，這有防水功能。」他看了一下手腕上的穿戴式裝置。「而且這是搜查局分發的備用裝置，即使故障了，用YOUR FORMA就沒事了。」

哈羅德拐彎抹角地主張自己是配備了YOUR FORMA的人類——在滿是機械否定派的限制區域，假裝成人類的確是比較聰明。

但即使沒有刻意動這種小手腳，比加也沒發現他是阿米客思。別說阿米客思，這個小鎮連無人機都沒有，在這裡出生長大的人區分不出阿米客思和人類也很正常。

「有沒有燙傷？真的完全沒事嗎？」

「真的。」哈羅德露出微笑，輕輕握住比加的手。「喂。「謝謝妳，妳真善良。」

比加似乎回過神來，瞪大眼睛。眼看她的臉頰越來越紅。

「咳咳。」埃緹卡清了一下喉嚨。「比加，他沒事，妳坐。」

「啊、好。不好意思……」

她戰戰兢兢地在對面的沙發上坐下——埃緹卡斜眼瞪了哈羅德。這個阿米客思，居然一臉無辜地喝著咖啡。真是的，他到底有何居心？

「然後——」埃緹卡輕輕揉了揉眉頭。可得轉換心情才行。「我要問妳幾個問題。學校呢？」

「畢業了，沒上大學。」

「那麼，妳就業了？」

「是的。今天休假，平常每週有幾天會去郵局幫忙分類信件……」

「這樣啊。這個家除了家人以外，還有誰會進出？」

「鄰居，還有家父的朋友。」

「妳的兄弟或是朋友不會來嗎？」

「我沒有兄弟，朋友也不會來。大家都在忙學校或工作，還有幫忙處理家務。」

「那麼，妳最近有沒有碰上霸凌？」

比加隨即皺起眉頭。她好像很介意這個問題，開始把玩手腕上的杜歐吉——糟了。埃緹卡問錯問題了，這點可以肯定。不過，為時已晚。

氣氛瞬間緊張了起來。

「好漂亮的圖案。」

哈羅德突然開口——他的視線指向牆上的掛毯。以鮮豔的藍色與紅色為基調，織成馴鹿群的圖案。埃緹卡也不太懂漂不漂亮，不過這確實幫她解了圍。

比加瞇起眼睛，一臉懷念。「那是過世的家母織的。」

「手藝非常好呢。用的顏色和你們的民族（柯爾特）服飾一樣對吧？」

「咦，為什麼……」

「我在大學攻讀北歐的民族學。」他的表情極為柔和。「雖說是為了查案，不過能夠見到薩米人，我很榮幸。我非常開心。」

「這個、那個……」比加又紅了臉，突然站了起來。「我再去拿一杯咖啡。」她就這麼逃也似的離開了客廳。馬克杯裡面的咖啡明明都還沒少。簡直純情到不行，令人不禁莞爾。

暖爐裡面的柴火爆了一個特別大的火花。

「我有很多話想說。」埃緹卡沒好氣地盯著哈羅德。「你究竟是讀哪間大學？」

「俗話說善意的謊言也是必要的嘛。」他換回認真的表情。「總得先讓她敞開心房才行。」

「何止敞開心房，我看你是想攻陷她吧。剛才那是怎樣？」

「什麼東西怎樣？」哈羅德皺起眉頭，一臉無法理解的樣子。裝什麼傻啊。「先別說我，『最近有沒有碰上霸凌』？我都嚇到發抖了，不擅長問話的話請妳老實說。」

埃緹卡完全沒有抗議——她過去一直只靠出類拔萃的電索能力工作至今，面對面的溝通總是靠輔助官處理，是她不擅長的領域。

「看來今後這種場面還是交給你比較好。」

「感謝妳聰明的判斷。」

「只是，比加看起來不像有藏匿李，我也不覺得她是生物駭客。」

「為什麼？因為她沒有識破我是阿米客思？」

「不是。基本上生物駭客的知識偏重在電子裝置和人機融合技術上，對機器人工學沒那麼詳細。」

「沒錯，她對電子裝置有一定程度的知識。」哈羅德低頭看著自己的手腕。「剛才比加看出這是電子裝置。機械否定派的知識一般而言只停留在小型的行動電話，照理說，這看在她眼中應該只是普通的手錶。」

她一時沒有注意就隨便聽過了，這麼說來確實如此。比加在咖啡灑出來的時候因為過於著急，不小心說中那是電子裝置了吧。確實有其可信度。

「但如果是這樣，李呢？」

「當然被她藏起來了。她像這樣離席就是最好的證據。」

「那是因為你對她露出不懷好意的笑容吧。」

「什麼不懷好意？」可以再裝無辜一點啊。「無論如何，她應該都打算離開客廳，因為她必須讓李逃離我們。現在應該在準備了。」

「你怎麼知道？」

「請妳去外面，到後門等著看。可以得到確切的證據喔。」

埃緹卡是很想一笑置之，要哈羅德別開玩笑，但他的觀察眼不容小覷也是事實。心情上當然還不想承認——不過埃緹卡還是心不甘情不願地離開沙發，站了起來。

「那我去後門之後，你要怎樣？」

「我留在這裡，從比加口中問出真相。」

「記得不要有什麼奇怪的舉動。」

埃緹卡不忘如此叮嚀之後才走到屋外，令人感到刺痛的寒氣立刻迎面撲來。受凍的埃緹卡走下露臺，前往後門。要是李真的現身了，這下就不得不接受哈羅德所謂的「眼力」了吧。

屋子後面只有一輛雪上摩托車孤零零地停在那裡。沒有人影，只有令人耳鳴的深沉寂靜蔓延。不過，總覺得有哪裡不對勁——發現了。雪上摩托車上面沒有任何一點積雪，大概是剛從哪個車庫推出來的吧。

埃緹卡正想靠過去確認，就在這個時候。

像是算好了似的，有人打開後門。

一開始，她還以為現身的是比加，因為身形極為相似。那個少女頭部以下都罩在斗篷式的外套裡面，也不像是有在注意四周，踏著像是被人催促的腳步走向雪上摩托車——看不見長相。

不過，會有除了比加以外的女孩從屋子裡出來的理由只有一個。

埃緹卡幾乎像是受到衝動驅使，拔腿就跑。

「站住！」

跨坐上雪上摩托車的少女這才赫然驚覺，抬起頭來。看來她現在才發現埃緹卡的存在。在昏暗的環境當中，快要熄滅的路燈照亮她的臉龐。兩人四目對望。自動和資料庫進行比對，她的個人資料彈現而出。

全身的血液為之騷動。

「克拉拉·李！」

連攔阻的機會都沒有。

李將油門催到底，雪上摩托車已然起步。飛起的積雪有如水花，將埃緹卡的視野染成一片白。糟透了。埃緹卡趕緊撥開雪、睜開眼睛，但雪上摩托車早已遠離，速度相當快，徒步無法追上。

「可惡……！」

好不容易找到了，不能在這裡讓她脫逃。

「電索官！」埃緹卡被這麼一叫，便轉過頭去，只見哈羅德從後門探出身子。「李呢！」

「沒攔到！」但是，沒空回去停在路肩的拉達紅星那邊了。「借用比加的車！」

埃緹卡一邊怒吼一邊啟動YOUR FORMA的標記功能。深厚的積雪上留下的軌跡（spur）清楚浮現。那是李的蹤跡。她在如同救命繩的痕跡上確實加好了全像標記，這樣就不會跟丟了。

回到屋子的正面，停在那裡的吉普車喇叭聲響起。是哈羅德，他早已坐在駕駛座上了。沒看見比加，所以大概是窩在室內吧。無論如何，她現在都沒有逃離的移動方式，大可放著她不管。

埃緹卡跳進副駕駛座，立刻關上門。「我加上標記了。速度全開，趕快。」

「我的原則是開車要安全啊。」

哈羅德踩下油門。這輛破爛吉普車竟然連自動駕駛功能都被拆了，唯有暖氣夠強還值得稱讚。居然有人敢開這種和鐵塊沒兩樣的東西。

「所以呢，比加招了嗎？」

「那當然。」他點頭點得乾脆。「比加說她和李是表姊妹，她們從以前就像親姊妹一樣感情融洽，這次也是因為受她所託才讓她住在家裡。她表示沒想到是病毒搞的鬼，以為幻覺是生物駭客的副作用。」

雖然在找到李的那一刻就很清楚了，然而換句話說，哈羅德的判讀完全正確。動不動就驚訝已經讓她很累了，到了這種地步，就連自己基於自尊心而不想承認阿米客思的實力都讓她開始覺得愚蠢。的確，他是個如假包換的「搜查官」。

結果，埃緹卡只能這麼說：「那麼短的時間內，虧你可以問出那麼多。」

「比加的個性似乎是純真又情緒化，所以我認為讓她對我產生對異性的興趣是最快的方式。事情很順利。」

哈羅德露出怎麼看都沒有危害的微笑，讓埃緹卡掩藏不住望之生厭的表情。原來如此，他從一開始就是打「這種」主意啊。她終於理解了。

「也就是說，她遞馬克杯給你的時候，你是故意讓她把咖啡灑出來的？」

「是啊。我想確認她是不是生物駭客，也想吸引她的注意。」

「然後，她就乖乖上當被你摸小手了。」

「身體接觸有許許多多的意義，其中也有縮短心理距離的功效。」

總覺得頭好痛。「看來，你好像安裝了玩弄女人心的模組。」

「絕無此事，我只是做了搜查所需的事情罷了。」

「哪是搜查所需，那已經遊走在違規邊緣了好嗎？下次你再耍什麼蠢，我就向十時課長報告。」

錯不了。人家說阿米客思是理想的朋友，但這個傢伙肯定是例外。

李的軌跡蜿蜒滑過雪原，順著沒有道路的途徑南下。追了一段時間後，凱於圖凱努河出現在眼前。她在結冰的河面上發現一輛暴衝的雪上摩托車——是李。哈羅德以靈活的手勢轉動方向盤，把車開向河邊。然而李在發現他們之後，速度催得更快了，轉眼間距離已經被拉開。簡直是蠻幹。

「她應該感染了病毒吧，為什麼還那麼有活力啊！」

「比加說她用自製的抑制劑讓李體內的機械全部停擺了。據說是在生物駭客出問題的時候使用的藥品，可望收到比正規的運作抑制劑還要強的效果。」

「無照醫生不是幹假的就對了。」可以不要這樣嗎？

「只是，差不多到了必須追加投藥的時間，但是因為我們造訪而無法施行。」

「簡而言之，就是要我們耐著性子追到李的抑制劑失效為止嗎？」

忽然一陣劃破長空的強風吹來，讓雪煙蓋滿擋風玻璃。埃緹卡縮了一下，但哈羅德毫不猶豫地加速。漫天飛舞的雪花黏著窗戶——當視野再次變開闊的時候，吉普車已經緊緊貼著河岸，和李的雪上摩托車平行奔馳。

只能趁現在了。

「停車！」埃緹卡壓下車窗。「電子犯罪搜查局！」

李連頭都沒有轉過來——埃緹卡將手伸向腳上的槍，就在這個時候。

李嬌小的身體就像軸心被抽掉似的大幅晃動。原本緊抓著把手的手鬆脫之後，就這麼毫不掙扎地從座椅上滑落。

——等一下。

李的身體被狠狠一摔，悽慘地翻滾。失去操縱者的雪上摩托車依然在向前衝，不久後便翻了過去，發出刺耳的尖叫聲。

「啊啊……」哈羅德屏息。「有夠慘。」

不應該像這樣追她的。他們事到如今才這麼察覺，但為時已晚。

埃緹卡和哈羅德下了吉普車，趕到仰躺在地的李身旁。但是，她已經沒有意識。額頭上有割傷，看起來出血量不少。

「有失溫症的徵兆，抑制劑似乎早就失效了。」

「我立刻叫救護車。」

埃緹卡用YOUR FORMA撥號，感覺到心中有說不出的苦——他們的處理方式顯然有誤。沒想到李會為了逃跑做到這種地步。

報案完成後轉過頭去，看見的是哈羅德跪在河面上。他脫下大衣，裹在躺著的李身上，最後還解下圍巾，開始幫她擦血。

「等一下。」這下真的驚呆了。「就算你是機械，也會因為循環液凍結而故障。」

「無所謂。我要修理幾次都可以，人類可不行。」

由於哈羅德極為認真，讓埃緹卡莫名覺得整個人躁動不安——沒錯，所謂的阿米客思就是「這樣的傢伙」，因循敬愛規範，體恤人類。

她強忍住焦躁。工作還沒結束。

「路克拉福特輔助官。」埃緹卡脫掉手套。肌膚因接觸到外部空氣而麻痺，但她毫不在乎地拿出兩條連接線。「趁救護隊員抵達之前，我們來調查李的機憶。」

哈羅德像是懷疑自己聽錯，抬起頭來。

「妳在說什麼，她現在的狀態很危險。」

「即使是這樣，電索也不會讓她惡化。」

「我們應該盡可能避免挪動李的身體，否則可能引發心室顫動……」

「沒錯。要是有什麼萬一，我們會更麻煩。」

YOUR FORMA說起來是和大腦結合為一的裝置，因此若是使用者的生命活動停止，YOUR FORMA的功能也會停擺。問題在於，為了以保護使用者的個人隱私為優先，屆時預設程式會讓記憶體當中包含機憶在內的資料自我摧毀。一旦自毀，處理起來會棘手到不行。資歷復原必須取出YOUR FORMA才能進行，但是這在任何一個國家都沒有法律強制力，要是死者的家人反對，執行上會極為困難。雙方各執一詞而起爭執，家人佯裝不小心而埋葬遺體的事例過去也發生過不少次。

所以只要是電索官，趁現在嘗試連線才是理所當然。至少對埃緹卡而言是這樣，也「必須是這樣」。

「把李翻成臥姿。」

宛如在哭喊的風繚繞她的雙腳，順流而過。

哈羅德一臉茫然地抬頭看著埃緹卡，像是想說他無法置信。少來了，你其實完全沒有那種想法，只是順從情感引擎（程式）的道德式反應表現出來而已。

拜託別來這一套。

「路克拉福特輔助官，我們的工作是什麼？」聲音帶著壓抑不住的情感衝口而出。「是找出知覺犯罪的犯人，不是照料李的傷勢。我又不是叫你殺掉她，事實上我也已經叫了救護車，該做的事情都做了。」

哈羅德默不作聲。

「快點接上。」

即使埃緹卡遞出〈安全繩〉，他也不打算伸手去拿。不僅如此，他還把手放在李的身上護著她。他看著埃緹卡的眼神不知為何蘊藏著憐憫——別這樣。為什麼我要被區區的機械用那種眼神看啊？

「電索官，請妳冷靜。」

「如你所見，我很冷靜。」埃緹卡忿忿地說。「你想妨礙搜查嗎？」

「不是。只是，事情應該有優先順序才對。」

「你這不是很清楚嗎？既然知道就快點讓我和她連線。」

「人命是第一優先，對吧？」

「要是我們無法在這裡潛入李，搜查就會受制。要是她有什麼萬一，你有辦法說服李的家人嗎？」

「我現在不是在說這個。」

「這就是現在的狀況。無論如何，我們都救不了她。」

一時之間，兩人眼睛也沒眨，瞪著彼此。

不知不覺間，雪勢變得更加激烈，有如淚水一般撲簌簌下個不停。

這台機械就是擅長做出正當的舉動，明明裡面其實空無一物，有的只是敬愛規範讓他看到的幻想，明明只有這樣而已。

阿米客思，令人討厭。

最後，哈羅德輕咬了嘴唇。歷經芒刺在背似的沉默之後，他終於煎熬地開了口。

「我明白了。那麼……我們盡量不要動她，讓她躺著連線。」

總算啊。埃緹卡將〈探索線〉遞過去，哈羅德便小心翼翼地避免搖晃李的身體，輕輕抬起她的頭，接到她的後頸。接著兩人以〈安全繩〉連接彼此。

他一臉悶悶不樂的樣子，但埃緹卡沒有理會。無論他對自己有怎樣的想法，這樣就對了。

「開始吧。」

吐出慣用台詞，開始下墜。只想任憑墜落速度擺布，藉此甩開揮之不去的煩躁——無論發生過什麼事，只要開始下潛就不會在意了。理應如此。

她逐步打撈李的表層機憶。學院的練舞室出現在眼前；掌心傳來扶桿的觸感；身穿緊身舞衣的同學們——喜歡跳舞。有朝一日一定要成為首席舞者；在堅定的決心一角，總有一個黑影緊貼著不放；不想面對的心情；是生物駭客的罪惡感。

很難得地，埃緹卡的心情也騷動了起來。

黑影總是尾隨著李，無論是上課的時候，還是假日和朋友們共度的時候。映入眼中的聖彼得堡街景是冰冷的灰色，充斥著芭蕾用品以及電子裝置的廣告，傳統款式的硬鞋與最新的運動鞋交錯穿梭，簡直像在嘲笑她偷偷安裝的肌肉控制晶片。黑影，是不安，是愧疚，逐漸膨脹。

別跟著李的情感走，像平常那樣逆來順受。

穿越了表層機憶，進入更深的中層機憶。

哈羅德還沒將她抽離。每當逆流的跡象湧現，她便設法穩住舵。

忽然，一棟似曾相識的建築物掠過視野，流線型的屋頂上裝飾著巨大的球型紀念雕塑。那是每次有什麼新聞就會在影片中看到的科技公司「利格西堤」的總公司——李在八月放長假的時候，似乎和雙親去美國旅行了。她參加了利格西堤的參觀行程。好像是透過生物駭客，開始對近代的電子裝置產生興趣，才前往利格西堤。

埃緹卡不經意地感覺到不對勁，立刻發現是怎麼回事。

記得巴黎的感染源湯瑪・奧吉耶應該也參加了利格西堤的參觀行程。

5

載著李的救護車的旋轉燈朝著極夜的底部逐漸遠去。望著平貼雪原而去的藍光，埃緹卡抽著電子菸吞雲吐霧。氣溫又低了許多，說是覺得痛已經比冷更貼切了。

根據救護隊員帶來的簡易診斷ＡＩ的見解，李似乎是因為失溫症惡化導致失去意識，無法正常駕駛。摔下車的時候頭部受到強烈的撞擊，也有腦挫傷的可能性。所幸狀態還沒有嚴重到影響性命，然而她是感染者，無法透過YOUR FORMA進行治療。不過，埃緹卡想相信她能康復。

最重要的是，他們總算有收穫了。

「感染源的共通處，或許是利格西堤的參觀行程。」埃緹卡吐著白煙這麼說。「巴黎的奧吉耶是理科的學生，關注科技公司沒有任何奇怪的地方。可是李是想當芭蕾舞者的人，我不認為這個共通點是偶然。」

「是的。」哈羅德鬱鬱寡歡地回答。「應該和華盛頓分局聯絡，確認第一起案件的感染源有沒有參加參觀行程才對。」

他從剛才就放鬆姿勢，洩了氣似的靠在吉普車上。掛在他手臂上的大衣和圍巾都被李的血濡濕了──對這個阿米客思而言，人類受了傷似乎比搜查的進展還要重要。簡直就是合乎倫理的態度的典範，莫名令人惱怒。

話說回來──

「你為什麼『光用看的就知道了』？」

埃緹卡這麼問，他便以憂愁的眼神看了過來。

「過去有優秀的刑警指導過我。只是這樣而已。」

如果光是有人指導就可以學到如此犀利的觀察眼，那麼全世界的阿米客思都是天才了。十時說過哈羅德很特別，原因大概也是出自那裡吧。

「簡直是現代的夏洛克．福爾摩斯。」

「『你看見了卻沒有觀察。這差異可大了。』」不帶笑意的哈羅德如此引用，身子離開了吉普車。「冰枝電索官，妳喜歡閱讀嗎？」

「閱讀量至少多得會在一開始以為你是機．丹尼爾。」

「艾西莫夫是吧。我和他不同，並非來自太空城（Space town）。」

「看來你還願意和我說話。」她忍不住要說。「經過剛才的事情，你應該深刻體會到了吧，你想和我建立交情是不可能的。不過，有時候彼此交惡會讓事情比較順利。不久之後你一定會懂的。」

原本以為哈羅德會認同這個說法，但不知為何，他只是嘆了口氣。真搞不懂他。而且他還看準了埃緹卡熄掉電子菸的時機，幫忙打開吉普車的車門。態度紳士得令人反胃。難不成，都到了這種時候他還沒學會教訓？

「輔助官，我不是說用不著白費那種心機……」

「妳為什麼要故意把自己表現得像是冷酷無情的人呢？」

他的視線像針一樣刺了進來。

埃緹卡忍不住瞪了回去。

「什麼意思？」

「我都知道。」哈羅德面無表情。「妳急著想設法和李連線，可是，妳沒發現自己因為罪惡感而一臉快哭出來的樣子。妳為什麼不惜做到這種地步，也要拚命掩藏自己的情感呢？」

「你的視覺裝置冷到故障了嗎？」埃緹卡沒等哈羅德回應便走向吉普車。「回比加那裡吧。我開車。」

「不行，我不想讓現在的妳握方向盤。」

是怎樣啊——他這副像是看透自己的態度真教人火大，明明什麼都不知道。

「聽清楚了，我沒有任何感覺，一切都是你自以為。」

她沒有理會哈羅德的親切，硬是把自己塞進吉普車的駕駛座。哈羅德原本還一副有異議的樣子，但最後還是乖乖坐進副駕駛座。只有兩人的車內比外面冷得多。

她才不是故意表現得冷酷無情，她只是做了該做的工作罷了。

這種機械，別想闖進她心裡。

YOUR FORMA

第二章——散落一地的糖果

1

她還記得。即使把春天柔和的氣息吸了滿腔，緊張感還是沒有消失。

「初次見面，爸爸。」

不知道從哪裡被吹過來的櫻花花瓣堆積在公寓的共用走廊上。五歲的埃緹卡揹著大小和身高差不了多少的背包，抬頭看著眼前的大玄關門——從門縫探出頭的，是埃緹卡的父親。今天是她第一次見到父親。

「不對，我在嬰兒房見過妳。」父親一點笑意也沒有。「媽媽和誰再婚了？」

埃緹卡低下頭，悶不吭聲。母親總是歇斯底里地大呼小叫，但有時會對她好。帶走母親的是個非常年輕的男人，她連名字也不知道。

「我換個問題。妳怎麼受傷的？」

父親的視線落在埃緹卡的臉頰以及膝蓋上的ＯＫ繃上面。她感覺像是挨了罵，所以試圖伸手遮住，但是無法全部遮起來。

「這是……就是，只是跌倒了而已。」

「聽好了，埃緹卡，爸爸恐怕『也』無法重視妳。」
所以在一起住之前希望妳和我約法三章——父親這麼說。
「『妳要當爸爸的機械』。爸爸說好之前，不可以對爸爸說話、要東西，或是表現出情感大吵大鬧。」
埃緹卡點頭。她只能點頭。她有種預感，接下來即將開始的日子一定不會幸福，可是早在很久以前就已經是這樣了。到頭來，無論去哪裡都沒有太大的差別，只是不知為何，自己不受任何人重視。她能理解的只有這一點。
父親迎接埃緹卡進到家中。玄關收拾得乾淨到已經超過清潔的程度，甚至給人潔癖的感覺。她帶著憂鬱的心情脫著鞋子，這時一個女人現身了。
「她是澄香，今天開始會照顧妳。」
澄香看起來和母親差不多年紀。沒有缺陷的工整臉孔；仔細編出造型的黑髮；鮮豔得刺眼的藍色洋裝包裹著纖瘦的身軀。她心想：真是個漂亮的人。
「初次見面，埃緹卡小姐。」
澄香帶著微笑伸出手。埃緹卡就這麼依照對方所求，回應了握手。纖長的手上傳來的體溫有點低。她終於發現了——澄香，是阿米客思。
「還有埃緹卡，妳快要有一個姊姊了。不久之後就可以見到她了。」

「咦？」

埃緹卡睜大了眼睛——父親的一句話點亮了魔法，足以消除對新生活的不安以及對澄香感到的困惑。原本像鉛塊的心輕盈地雀躍了起來。

之前總是孤單一人的自己，要有姊姊了。

*

冬天的加州籠罩在帶著溼氣的空氣以及要冷不冷的溫度之中。

載著埃緹卡與哈羅德的計程車行駛在舊金山灣沿岸的高速公路上。街景是密集的摩天大樓在比誰高，還有無人機像成群的飛蟲漫天飛舞。如果是在那些東西的正下方，天空一定永遠都是灰色吧，肯定也看不見星星。

「抵達利格西堤之後，就先從電索著手。」埃緹卡說了。「所幸願意協助的員工好像還不少。電索結束之後……路克拉福特輔助官？」

隔壁的哈羅德低著頭，雙手輕輕交疊。今天的他穿著厚毛衣，然而無論怎麼看都不是分局發給阿米客思穿的東西。他到底是在哪裡弄來的——算了，這不重要。

決定要飛加州是在離開比加的家之後，回聖彼得堡的路上。她順利和華盛頓分局的電索官聯絡上了。

『我們這邊的感染源也參加了利格西堤的參觀行程。他從七月的獨立紀念日開始請了幾天假，去加州旅行。』

感染源的共通點果然很有可能是利格西堤的參觀行程。

埃緹卡立刻聯絡十時課長，安排好去利格西堤進行搜查。才剛在車子上晃了總共三十個小時，接下來還要搭一整天的飛機。如果是談生意還可以靠全像電話解決，但是電索就沒辦法這樣了。

『考慮到病毒的特徵，犯人應該擁有高超的技術吧。』全像瀏覽器當中的十時這麼說，依然是那副鐵面具般的表情。『關於這一點，利格西堤的程式設計師全都是來自世界各地的菁英，即使犯人混在裡面也不奇怪，又或許不只一個。』

「是的，我會顧及所有的可能性。」

『狀況還在惡化。不過，找到利格西堤這個共通點至少有了一點希望。』

據說埃緹卡他們追查李的時候，在多達四個國家的主要都市確認到新的病毒感染案例。香港、慕尼黑、墨爾本，還有多倫多……每個地方的電索官都在趕緊確認感染源，但似乎遲遲沒有進展。幾乎沒有像埃緹卡這樣能夠執行並行處理的電索官，搜查進度會落後也是無可奈何。

『正因如此，我很期待妳的表現，冰枝電索官。』

「我一定會找到某種線索的。」

儘管嘴上這麼說，其實埃緹卡得把苦水往肚裡吞。

坦白說，光是聽到利格西堤這個名字就讓她心情沉重到可怕的地步。

「對了，課長，路克拉福特輔助官也和我一起去利格西堤嗎？」

『當然了。他要當成妳的所有物，請航空公司運送。』

原本沒說話的哈羅德突然皺起眉頭。「也就是說，我要進貨艙嗎？」

『貨艙？飛機上應該有阿米客思專用的隔間吧？』

「我知道。那必須以站立的狀態被關進狹窄的密閉空間，所以形同貨艙。」

『死心吧。無論朋友派增加多少，阿米客思在國際標準上還是「東西」。』

「可是……能不能通融一下，讓我和人類一樣坐頭等艙呢？」

「啥？」埃緹卡忍不住叫出聲。「就連我都沒辦法坐那麼好的艙等好嗎？」

『確實帶回病毒的分析結果，還有員工的個人資料。聽清楚了吧。』

十時如此決絕地結束了通話，只留下一臉絕望的哈羅德。

於是，埃緹卡他們抵達了加州，坐在計程車上前往利格西堤——事情就是這樣。

「路克拉福特輔助官，你也差不多該醒了吧。」

下了飛機之後，哈羅德就一直低著頭，完全沒說一句話。貨艙想必是相當不舒服，不過一動也不動的他已經到了讓人想懷疑是不是故障的地步。

「喂？」埃緹卡悄悄望向他的臉。嗚哇，眼睛是開著的。至少眨個眼吧噁心死了。「是怎樣，難不成有哪裡出問題了……」

「早安，冰枝電索官。」

「噫！」

哈羅德突然像打開電源似的端坐起來——埃緹卡不禁整個人往後彈，退到頭都差點撞上車窗了。

「哎呀。」他一臉事不關己的表情。「怎麼了嗎？」

「我才想問你咧！」差點沒被嚇到心臟停止。「不要隨便嚇我好嗎！」

「不好意思。因為待在貨艙太痛苦，我就把所有思緒都斷線了。」

「是喔。」什麼狀況啊。「簡單說……你一路上都醒著睡覺？」

「真是簡單易懂的比喻。」

「你是自己走下飛機，又坐進這輛計程車的，簡直像夢遊症。」

即使埃緹卡這麼挖苦，哈羅德也只是露出微笑——無論如何，不是真的故障就好。萬一出了那種狀況，會嚴重影響搜查。這是她最不希望發生的事情。

終於，計程車下了高速公路，穿過通往利格西堤總公司的閘門。這裡的占地之廣在網路上瀏覽的時候就已經知道了，不過親眼見到，再怎麼不情願還是會受到震懾。裡面還附設了複合式運動設施及高爾夫球場，甚至有海灘，簡直像小有規模的度假區。

利格西堤，是在矽谷這裡設有總公司的跨國科技企業。他們在全球感染期間收購了NEURAL SAFETY的開發機構，憑藉鉅額資本為擴充生產工廠以及配銷通路多有貢獻。之後催生出YOUR FORMA的也不是別的地方，正是利格西堤。除此之外，目前提供所有網際網路服務的也是他們。

說起來不誇張，利格西堤足以稱為地球上的科學技術的領導者。

兩人在總公司前面的圓環下了計程車，身穿套裝的女性阿米客思便出來迎接。

「恭候多時了，冰枝電索官、路克拉福特輔助官。」阿米客思露出漂亮的牙齒。

「我負責接待客人，名叫安。」

埃緹卡點頭致意，並且不經意地抬頭看了總公司的建築物。在奧吉耶和李的機憶當中也看過的流線型屋頂上，球型紀念雕塑閃閃發亮——啊啊，真的來到這裡了。

造訪利格西堤是第一次，不過老實說，她對這家公司的回憶都不太好。

「怎麼了？」

忽然被哈羅德這麼一問，讓她嚇了一跳——不過他問的人不是埃緹卡，而是安。不知為何，安一直注視著哈羅德。

「沒事。」安像個機械一樣堆出完美的笑容。「我來為兩位帶路，請進。」

兩人在安的帶領之下，走進總公司。寬敞的入口大廳內有著公司標誌的雕刻作為裝飾，來往的員工都穿著輕鬆的服裝，偶爾也可以見到幾個阿米客思混在裡面。大家和安擦身而過的時候都和善地向她打招呼。

「安。」哈羅德對她說。「妳的人面很廣呢。」

「不是我人面廣，而是大家對阿米客思都相當友善。不只公司裡面，一般民眾多半也是，有許多人甚至在考慮給我們休假。」

「咦？」埃緹卡忍不住怪叫了一聲。「休假？」

「是的。加利福尼亞州的議員也有許多是朋友派，議會認為應該保障阿米客思的基本人權。休假制度想必會在不久的將來實現吧。」

她說什麼——對埃緹卡而言是第一次聽說這種事。太可怕了，時代已經進展到這個地步了嗎？相對地，哈羅德似乎事先已經知道這件事，看起來並沒有特別驚訝。

「不愧是矽谷所在的地方，看來我也該考慮移居了。」

安歪著頭。「我並沒有想過要放假，你和我不一樣嗎？」

「是的，休假很重要。安，我說不定會搬過來這裡，為了到時候方便，可以告訴我妳的聯絡方式嗎？」

不是等一下你說的這是什麼話？

埃緹卡輕輕頂了哈羅德的側腹，他卻是一臉裝傻樣。就算退一百步容忍他對比加那麼做，現在有什麼理由和安混熟嗎？再說阿米客思之間的對話應該就只是表現接近真人用的「空殼」才對吧。

也不知道對哈羅德的發言有多深的理解，安保持微笑說了。「我沒有電子裝置，所以請聯絡辦公室找我就可以了。到時候我一定會好好協助你的。」

「非常謝謝妳，安。我一定會這麼做的。」

「路克拉福特輔助官。」埃緹卡輕聲要他稍安勿躁。「請你遵守搜查官的規範。」

「那當然了。」他說謊，他肯定什麼都不懂。

說著說著，他們已經來到休息室。願意協助電索的四名員工在裡面等待。他們還年輕，而且都是在同一個團隊裡工作的程式設計師。

當然，和包括李在內的感染源有所接觸的不只這四個人，但是其他員工都拒絕電索，只願意配合偵訊。畢竟電索不只是搜查行為，更會暴露個人隱私，會有人避之唯恐不及也不稀奇。更何況除非是有逮捕令的嫌疑人，否則也沒有法律強制力。

所幸這四個人似乎沒有類似的抗拒心態。

「我反而對電索很有興趣。」「對於真的被人看到機憶的時候是怎樣的心情感到很好奇。」「聽說只是入睡而已，沒有任何感覺是真的嗎？」「不會不小心被別人的情感拖進去嗎？」

接踵而至的提問讓人窺見他們身為YOUR FORMA承辦人員的好奇心。不過今天來這裡的目的，並不是為他們解說電索的體驗。

「感謝幾位的協助。在同意書上簽名之後，就請躺到床上。」

埃緹卡冷淡地這麼說，四人便略顯失望地面面相覷，然後乖乖照辦。不久後，護理師阿米客思現身——好像是從當地的醫院派遣過來，常駐在公司裡的醫務室——在四人的手臂上注射了鎮定劑。目標的昏迷指數越低，越容易進行更清楚的電索，因此鎮定劑是不可或缺的。

如果能從他們的機憶當中找到將感染源與病毒感染途徑串連起來的線索就好了。

確認所有人都入睡之後，埃緹卡一如往常地建立三角連線。

「路克拉福特輔助官，準備就緒……」

話語不禁中斷。因為哈羅德正好滑開耳朵，準備將〈安全繩〉插進連接埠當中。無論看幾次都習慣不了的景象——無意間，兩人四目對望。

「怎麼了，電索官？」

「沒有。」埃緹卡難掩苦澀。「現在說這種話也沒用，不過就沒有其他更好的地方了嗎？」

「噢，我的耳朵滑開有那麼詭異嗎？」

「那還用說嗎？」

「原來如此。」他不知為何露出開心的微笑。「難得有這個機會，不如看得更仔細一點吧？」

「住手不要再靠近了我已經要開始了！」

哈羅德想把臉湊過來，於是埃緹卡為了逃跑，墜入電子之海當中——真是的，他真的裝了敬愛規範嗎？動不動就捉弄人類。

必須轉換心情。

四人的表層機憶如花朵般綻開，快回溯到參觀行程的機憶。與他們在利格西堤的日常擦身而過；程式語言輕巧地被描繪成型；吊飾閃閃發亮的聖誕樹；忍不住看得出神。一個厭煩的心情插了進來；是定期心理檢查。在後頸插進HSB——然而包含在四人的機憶當中的情緒全都相當穩定，幾乎沒有記錄到憤怒或是悲傷，有的都是對工作的熱情以及希望、閒適——大型企業的員工當中，多的是精神狀態能夠維持平衡的人。聽說是因為大企業多半編列了精神照護的預算，能夠整備避免精神壓力的工作環境，員工之間的糾紛也很少。

還看不見想要的機憶。墜落速度逐漸加快——忽然，埃緹卡與一點一滴化膿似的負面情感擦身而過。那是什麼？她定睛一看。看起來是某處酒吧。許多員工聚集在一起，把酒言歡。看來是餞別會。『再會了，沙克』、『保重』、『明天開始要冷清多了』，在這樣的對話中心，看見一名俄裔男子。他就是沙克吧——怎麼回事？

只有在這個機憶當中，四人的情緒都表現出心底一團亂的厭惡。

所以，埃緹卡忍不住看得出神。四人對待沙克的態度與厭惡相去甚遠，反而像是對要和摯友分開感到惋惜，內外搭不起來。發言與真心話表裡不一是任何人都有的狀況——正因為之前的情緒穩定，四個人都對特定人物表示厭惡，更營造出莫名的怪異感。然而，這個機憶和感染源完全沒有關係，要和案件有所連結相當困難——沙克大口喝啤酒，開心地聊著程式設計。喧嘩聲像波浪般洶湧而至，輕快的爵士音樂——纏。聽得見有人提到這個名字。『那個時候我們在開發纏。』後半被聲浪埋沒。

背脊竄過一陣寒意。

『初次見面，爸爸。』

逆流的徵兆。冷靜下來，壓抑下去。不要弄錯該接觸的地方——埃緹卡設法縮限思緒。纏。好想把那個音源從耳中趕出去，可是又揮之不去。

找到了參觀行程的機憶，依序看下去。先是奧吉耶，接著是李，最後是華盛頓的感染源——發現和四人一起接待感染源的還有沙克，有些驚訝。他自豪地暢談關於程式設計的最新技術。這個機憶當中，完全沒有剛才的那種厭惡——有點令人介意。

除了這一點，剩下的就是極其平凡的參觀行程。

病毒的感染途徑還有查出犯人的線索，沒有掉在任何地方。

『纏。』

那個名字又回了魂。夠了，停下來。快甩開。

「——冰枝電索官？」

被抽離的時候，腦袋裡面一塌糊塗，呼吸變得有些急促。埃緹卡設法逼自己吸進休息室裡乾燥的氣味——發現哈羅德正對自己投以關懷的眼光。為了不被他發現自己的動搖，埃緹卡盡可能冷靜地拔除〈安全繩〉。

「沒有收穫。」聲音乾到沙啞了。「沒有任何奇怪的地方。」

「是啊，機憶實在太過和平了。會不會是哪裡看漏了？」

「不可能。」埃緹卡抓亂了頭髮。「依照預定行程，你去對其他接觸者進行偵訊，我去領取所有員工的個人資料和病毒的分析結果。」

「我明白了。」哈羅德點頭，但是看似擔心的表情沒有變化。「妳的臉色不太好，最好稍微休息一下吧？」

「沒事。還有偵訊的時候，記得針對名叫沙克的員工問個清楚。」

「和他們在一起的那位俄裔男士對吧。我覺得他和案件好像沒有關聯就是了。」

「我也這麼認為，只是有點介意……那麼，晚點見。」

他好像還有話想說，但埃緹卡看也不看他一眼，離開了休息室。她想在被發現之前趕快獨處。纏。纏。纏。那個聲音還在腦中迴響。

啊啊——就是因為這樣，她才不想來利格西堤。

2

占據一樓南側的交誼廳，因為各自帶著工作來到這裡的員工們而人聲鼎沸。

埃緹卡一個人陷在沙發裡，吐出電子菸的煙霧。或許是因為設置了臭氧機，冰涼的薄荷香味立刻消融，一點也不剩——心情總算平靜下來了。上次因為電索而動搖成那樣，都不知道是什麼時候了。還是菜鳥的時候，第一次看見殺人犯的機憶害她吃不下飯。說不定已經是那個時候了吧。

剛才又不是看見兇殺發生的當下。

真是太窩囊了。

埃緹卡重重嘆了口氣，熄掉電子菸。她環顧交誼廳。離開休息室後，安交代她在這裡等，但是沒有任何人會出現的氣息。

大概又過了五分鐘。

「妳是冰枝電索官對吧？讓妳久等了。」

忽然有人搭話，埃緹卡抬頭一看——是哈羅德站在她眼前，而且表情比平常還要生硬，背脊也挺得筆直。

「偵訊已經結束了嗎？未免也太快……」

她突然驚覺。仔細一看，他身上的不是毛衣，而是整潔的白襯衫配上背心，還看見他掛在胸口的阿米客思用的員工證。史帝夫．H．惠斯登——「這具」不是哈羅德。

是製造成和他一樣外型的另一台機械。

怎麼回事？埃緹卡不禁驚訝不已。她知道阿米客思的外表並非獨一無二，但沒想到會有哈羅德的同型機。他不是客製化機型嗎？

「那個……」她好不容易開了口。「抱歉，我認錯人了。」

「別放在心上。」史帝夫笑也沒笑一下。「本公司的顧問想直接告訴妳病毒的分析

結果。請跟我來。」

「顧問?」

公務繁忙的CEO事前已經發過視訊訊息了,事到如今顧問怎麼會特地出面呢?但是在埃緹卡表示意見之前,史帝夫已經開始走動。儘管感到憂鬱,事情變成這樣也只能跟著他走了。

兩人來到電梯廳,走進裝飾特別華麗的一台電梯。門關上後,電梯內充滿了沉悶的沉默——史帝夫的表情冷硬得令人害怕。和哈羅德完全一樣的臉孔擺出那樣的表情,莫名令人窒息。一般而言,阿米客思會想討好人類,但他好像不是。態度是很有禮貌,卻是面無表情到可以稱為機械的榜樣。

正當她想著這些的時候。

「冰枝電索官。」忽然,史帝夫開了口。「你的搭檔和我是同樣機型呢。」

對方是阿米客思,平常她根本不會理會對方。不過再怎麼樣,埃緹卡也沒有漠不關心到能夠在這種狀況下保持沉默到最後。

「難不成,你和路克拉福特輔助官見過面了?」

「正確來說,我是在走廊上看到他,他並沒有發現我就是了。」史帝夫的語氣淡定得緊。「我不知道哈羅德還在運作,所以相當驚訝。」

埃緹卡感到困惑。「你知道他嗎？」

「是的。以前我們共事過。」

「共事過？在利格西堤？」

「不是。」他只有這麼回答，不打算多說什麼。「他沒有給妳添麻煩吧？」

「輔助官很優秀。」他的觀察眼確實厲害，但是——「……難不成你也一樣，只要看我一眼就能得知我的私事，還擅長將女人玩弄於股掌之間嗎？」

「我對妳的印象只有『一身黑又難以接近』而已，私人的事情一概不知。而且我的股掌之間也沒有大到足以玩弄人類女子。」

和哈羅德正好相反也該有個限度吧？實在不覺得是同樣規格的機型。

「我知道哈羅德沒有給妳添麻煩了。非常抱歉。」

說著說著，電梯抵達了最頂層。打磨得晶亮的大理石地板，以及令人聯想到中世紀教堂的對開門等在門外。這裡是奇幻電影的場景嗎？埃緹卡感到招架不住。有錢的公司就是這樣才令人討厭。

「打擾了，我帶電子犯罪搜查局的冰枝電索官來了。」

史帝夫如此告知，門便自動往裡面敞開。呈現在門後的光景更讓她只能皺眉——裡面與其說是房間，稱為溫室還比較貼切。有著原始外型的亞熱帶植物朝著挑高的天花板茂密叢生，每一株都是長滿了鮮豔花朵的複製品，樹上甚至還停著仿白頭鷹造型的無人機。

「這裡究竟是什麼地方？」

「是會客室。請在沙發上稍坐，我拿飲料過來。」

「多謝。」最好是有這種會客室。「不好意思現在才問，簡單說，你是……」

「我在顧問手下擔任祕書。」

史帝夫只留下這句話便快步消失到植物當中。後面有亞馬遜河在流動也沒什麼好驚訝的，所有品味都過於獨特，感覺都快暈了。

埃緹卡先乖乖在皮沙發上坐了下來，然而——

「嗨，好久不見了，埃緹卡。」

突然響起的聲音讓她停止呼吸。

當她發現的時候，對面的沙發上已經坐了一個日本人。是個略嫌嬌小的中年男子。深邃的五官，和埃緹卡不太像。頭髮整理得相當低調，他每天早上都用髮蠟抓頭髮，埃緹卡還記得很清楚。清新的藍襯衫相當適合他。

是她的父親。

埃緹卡連眨眼都辦不到——怎麼可能。不會有這種事。因為那個人，已經——

忽然，父親破顏一笑。

「我喜歡驚嚇第一次見面的人。經常有人說我這樣很惡劣。」

那個身影轉眼間消融瓦解——從中現身的，是相當適合白髮的初老男士。一雙杏眼閃著年輕的光輝，喜歡親近人的風貌不存在任何一點挖苦人的感覺。

「歡迎光臨，冰枝電索官。我是本公司的顧問，泰勒。」

伊萊亞斯・泰勒，主導了YOUR FORMA開發，是稀世的科技革命家，同時也是不在媒體前面現身的繭居族——史帝夫說要帶她去見顧問的時候，她就覺得說不定會變成這樣，結果沒想到還真的被帶來見泰勒了。

埃緹卡勉強保持冷靜地說了：「不好意思，剛才那是……」

「是投影型的最新全像模組，還沒公開發表，目前還在公司內部開發。現在像這樣在和你說話的我本身，也只不過是全像投影。」泰勒看向白頭鷹。看來那似乎是全像投影用的雷射無人機。「畢竟我正在和病魔搏鬥，所以想避免和別人接觸……雖然我很想這麼說，不過我早在生病前就一直是這樣了。我不喜歡和人直接見面。」

泰勒患有胰臟癌末期，埃緹卡以前就看過新聞報導得知這件事。醫生似乎告知他只剩下一個月能活，但基於他本人的意願，已經放棄治療，進入安寧療護。而且還不是在醫院接受療護，而是在他之前一直生活的總公司最頂樓的私人住宅——也就是這裡。

「我是電子犯罪搜查局的冰枝，感謝你協助搜查。」埃緹卡好不容易平復了心情，然後看了白頭鷹一眼。「請問……你是怎麼製作出家父的全像模組？」

「是用我們的監視攝影機的掃描資料為基礎做的。很像真的吧？」

「是的。」至少她知道沒辦法期待泰勒有符合常識的用心了。

「我和妳的父親是朋友。如妳所見，我是個繭居族，所以不曾直接見過親悟・冰枝，但我們經常通電話。他是個優秀又求知若渴的程式設計師，多虧有他，YOUR FORMA的完成時間縮短了好幾年。」

果然會談到這個話題嗎——她忍受著胃部極度不適的感覺。

埃緹卡的父親，親悟・冰枝，曾經短暫在利格西堤任職。

不過老實說，她盡可能不想回憶那個男人。

「泰勒先生，我想你應該已經聽說，今天……」

「個人資料和病毒的分析結果對吧？史帝夫馬上就會拿給妳。」

像是在等他這麼說似的，史帝夫帶著紅茶回來了。他以熟練的手勢放好杯碟與茶杯，然後輕輕放下一個HSB記憶體。

「這是包含離職的人在內的所有員工個人資料，以及病毒的詳細分析結果。恕我冒犯，可以請妳在這裡複製資料帶回去嗎？這原本是不能帶出公司的機密，已經加密過了，無法進行二次複製。」

「我明白了。」埃緹卡點了頭，將HSB插進後頸的連接埠。確認檔案開始複製之後，她看向泰勒。「然後關於病毒，幻覺與身體症狀的關聯性已經查明了嗎？」

「已經查明了。」回答的是史帝夫。「病毒透過YOUR FORMA直接傳達給大腦的訊號影響下視丘的體溫調節中樞，所以就原理而言，不是風雪的幻覺引發失溫症，而是在看見幻覺的同時，體溫調節中樞也受到干涉，才會產生失溫症。」

的確，這樣的說明比布亞美德的實驗更容易令人接受。不過，有件事令她很在意。

「史帝夫，你是祕書對吧？難不成同時也是分析小組的一員？」

「史帝夫總愛說他是祕書，但我沒有祕書。」泰勒笑著說。「他是我的看護，也是利格西堤的工程師兼程式設計師，也順便做點建模，可說是萬事通。」

所以史帝夫也和哈羅德一樣優秀嘍。

「根據我們的分析——」史帝夫表示。「病毒有著具偏執性的精密，所以大概只有專精此道的人能夠製造出來。我們也會著手修正YOUR FORMA的漏洞，但即使發布了恐怕又會被找出別的漏洞。希望你們能盡快找出犯人。」

「我們當然會努力。」

「麻煩你們了。那麼泰勒先生，有事的話隨時叫我。」

史帝夫轉過身去，再次消失到植物當中，簡直像管家似的。

「是個乖孩子吧？」泰勒瞇起眼睛。「他是自己來到這裡的。」

「……這是怎麼回事？」

「他好像是逃出來的。他是稀少的機型，似乎因此不斷被轉賣。雖然法令禁止個人私下交易阿米客思，但也有許多走後門的不肖分子。」

「我知道。」一客製款式的昂貴阿米客思有時會在黑市被高價交易，甚至還有國際規模的不法流通案例。只是——「那個，史帝夫在來到利格西堤之前，好像還在別的地方工作過。」

泰勒依然保持微笑。「還是別說了，他不喜歡這樣。他好像不太想被別人知道。」

埃緹卡皺起眉頭。泰勒大概是朋友派吧？即使阿米客思會討厭，就連那種反應也不過是表現「接近真人」的一環啊——不對，追根究柢，即使史帝夫和哈羅德以前一起工作過，那又怎樣？這和工作一點關係都沒有吧。

總覺得步調一直被打亂，大概是利格西堤這個地方害的。

檔案複製完了。埃緹卡拔出ＨＳＢ，放在茶几上。

「你身體不適，我還占用你寶貴的時間，真是抱歉。」該做的事情做完了，想趕快離開這個地方的埃緹卡強硬地結束話題。「那麼，我就此告退……」

「慢著。不需要那麼急著走吧。」

埃緹卡不得不把已經抬起來的屁股放回沙發上——她知道，泰勒對身為親悟之女的自己很感興趣。正因如此，她才想趕快離開這裡。

「面對第一次見面的人，有幾個問題我一定要問。大部分的人似乎都會累積一次又一次無趣的閒聊來認識對方，但我想更有效率一點。」泰勒緩緩站了起來。「可以的話，妳也回答一下好嗎？首先是第一題。」

態度是很隨和，但他的話語當中有種不容拒絕的魄力。埃緹卡相當費力才能不在臉上顯露出焦躁。她現在就想立刻離開，但泰勒是協助搜查的人，無法冷落。

「妳身為全球感染後的世代，為什麼會想植入YOUR FORMA？」

「這個嘛——」簡直像求職面試的問題。「因為在這個時代，沒有YOUR FORMA很難過活。想當個盧德分子活下去的話就另當別論了……」

「第二題，妳是什麼時候把『那個』放進腦袋裡的？」

「五歲的時候。在日本，從五歲開始就可以動YOUR FORMA的手術。」

「即使是這樣，也很少有父母在剛滿五歲的時候就立刻讓小孩動手術吧。第三題，妳在現在的職業……在電索官方面的資質是何時被發現的？」

「十歲。在資訊處理能力測驗擠進了全世界的前段。」

「果然厲害。第四題，如果沒有YOUR FORMA，妳覺得自己會做別的工作嗎？」

泰勒豎著四根手指，露出微笑——他大概真的是天才，不過真希望他不要把凡人牽扯進自己的感性之中。如果不是工作，埃緹卡早就一口氣喝掉紅茶走人了。

「我做過AI的職業適性診斷。除了電索官，沒有我適合的職業，家父也希望我走這條路，所以我就選了。如此而已。」

「沒有回答到問題，不過就算了吧。」泰勒以穩健的步伐繞著沙發走。「第五題，這是只針對妳的特別問題……妳覺得親悟為什麼會死？」

即使不願意，她還是感覺到臉頰的僵硬——閉嘴。不准問這件事。

「我不知道。」

「真的嗎？」

「是的……沒有遺書。」

當時的記憶在所難免地回到腦中。

三年前，埃緹卡從高中畢業的那天，父親離開了家裡。

半個月後，她接獲瑞士的自殺協助機構聯絡，得知父親自願選擇了死亡。為了避免誤會，先說清楚，她的父親沒有生病，健康無虞。不過無論在哪個時代，除了特定的宗教，讓人生落幕的權利都交託在自己手上。埃緹卡基於機構的請求前往瑞士，在舉行簡單的葬禮之後，將父親埋葬在面對蘇黎世湖的公墓。

「冰枝電索官，我知道親悟尋死的理由。」泰勒的低語有如輕撫。「『纏』的開發工作失敗，就是他自殺的原因。」

如果埃緹卡沒有理智，已經拿槍指著泰勒叫他閉嘴了吧。

「什麼意思？」聲音低沉到不能再低。

「纏啊。親悟主導的開發專案，是YOUR FORMA的擴增功能。」

「……這麼說來，我好像看過相關的新聞。」

「看過新聞？親悟沒有直接向妳提過嗎？」

「沒有。」埃緹卡雙手互握。真想趕快從這個狀況解脫。「那個，因為我和家父的關係相當冷淡……我對家父的工作沒什麼關注，所以不太記得。」

身為才華洋溢的程式設計師，父親在家裡的時候也忙得不可開交。即使一起吃飯，他也是靠果凍狀的完全營養食品打發，不知不覺間埃緹卡也配合起他的用餐習慣。父親要埃緹卡完全遵守那個約定，平常甚至不讓女兒進入自己的視野範圍內。在不喜歡與人相處這一點，他也不輸給泰勒。

那個男人眼中永遠只有工作，還有澄香那個阿米客思。

「親悟為何會想到要研發纏，我想妳應該要知道。」

「不，我沒什麼興趣……」

「妳的父親很優秀。」泰勒還想繼續說。「過濾氣泡（Filter bubble）這個詞彙，妳知道嗎？」

埃緹卡強忍嘆息。拜託你行行好吧。

「我知道。指的是在網路空間當中只能夠看見自己想看見的資訊的現象。」

「就是這樣。配合使用者的興趣與思想，YOUR FORMA的演算法會自動挑選要提供的資訊……也就是最佳化（Personalize）。不過其中也有缺點，會像是被包在氣泡（Bubble）裡面，非自己想要的資訊會被排除在外。」

YOUR FORMA能夠連接各式各樣的資訊。正因如此，為了不讓使用者的視野與思緒過載，必須不斷進行最佳化——比方說剛才安提到的，要提供休假給阿米客思的加州的行動，恐怕是具歷史意義的革命之舉。然而，在埃緹卡的熱門新聞當中完全沒有相關報導出現，因為埃緹卡對阿米客思沒有興趣，導致演算法不會介紹相關新聞。

換句話說，這正是過濾氣泡。

「當然，維持民主主義不可或缺的資訊無法封鎖就是了。」泰勒表示。「這幾十年來，人類的ＩＱ不斷升高。但是，進化的只有資訊處理能力，其他數字全都持平。妳覺得這是怎麼回事？」

「不知道。我是電索官，不是腦科學家。」

「那麼，我換個容易回答的問題。妳在執行電索時，是怎麼處理大量的資訊？」

「沒想過，只是順其自然在處理。」

「對吧。能夠辦到這種事情，是因為在無意識當中習慣了以瀏覽的方式接收大量資訊。大腦的處理能力有極限，基於與生俱來的構造，要處理大量資訊只能過目就忘。在這樣的情形下，資訊只會流過思緒的表面而無法深入。」

埃緹卡過去也曾看過討論這樣的大腦多工處理問題的報導。迎合了YOUR FORMA的人類大腦依循可塑性，恐將逐漸轉化為專精在資訊處理的樣態，報導內容對此提出疑慮。處理龐大的資訊會削弱專注力及理解力，導致注意力散漫，這點已經得到證明。

「再這樣下去，不久的將來，人類將放棄思考，放棄文化（Meme），忘卻哲學與自傲，只憑與生俱來的欲求及情緒對各種事物做出判斷。失去深思熟慮，『退化』為人工智能。」

「……不好意思，這有學術性的根據嗎？」

「這在研究學者之間也有意見的分歧，答案只存在於未來。」泰勒憂傷地注視著半空。「不過妳的父親相信這種學說。身為參與YOUR FORMA開發的一員，他強烈感覺到必須負責。」

聽起來好假——埃緹卡怎麼也無法相信。父親明明是標準的冷血動物，只想隨心所欲地控制身邊的人。

「纏是為了讓人類回想起人性，回想起所謂的愛情的全世代型情操教育系統。他把人生都賭在那上面了。然而開發以失敗告終，親悟便選擇了自殺。」

「那個人死去的時候，距離纏的失敗已經有好幾年了。」

「電索官，一個人會想到要死，不是犯下人生最大的失敗那個當下。因失敗而受到的創傷會成為讓毒素一點一點滲入的開口，到了確信毒素傳遍全身時才會死亡。」

埃緹卡默不作聲，低頭看著微微波動的紅茶。不知從哪裡吹下來的空調的風讓液體表面像在害怕似的抖動——到頭來，泰勒為什麼要對自己說這些呢？既然他都自己宣稱個性惡劣了，或許是喜歡挑些令人煩躁的話題來聊吧。怎樣都好，唯一可以確定的是，這讓她非常反胃。

再說她對於父親的死並沒有感受過明確的哀傷。

「泰勒先生。」埃緹卡平靜地說。「到頭來，你說這些的結論是什麼？」

「妳真好懂。妳很討厭親悟嗎？」

「我很抱歉對身為朋友的你這麼說，不過我確實討厭他。」

泰勒望著悠然滑翔的白頭鷹，瞇起一隻眼睛。不知道他是什麼意思，埃緹卡也不想知道。事到如今才說出這種話的他甚至令埃緹卡感到憤慨。

「我要回去查案了。要是又有什麼需要，再麻煩你協助。」

＊

「我們找所有和感染源有過接觸的員工問過話了，每個人在發言和行動上都沒有可疑之處。也有可能是外部的人為了營造錯誤的犯人形象，利用了利格西堤。」

結束搜查的埃緹卡與哈羅德在總公司前面的圓環等計程車。哈羅德以電子裝置打開的全像瀏覽器當中顯示著十時課長的身影，他們正在進行簡易彙報。

『如果真如輔助官所說，非員工的人有什麼方法取得參觀者的個人資料嗎？』

埃緹卡也點頭。「伺服器沒有遭到入侵的跡象。」

「有沒有可能是透過ＳＮＳ發文挑選參觀者呢？」

「也不是沒有這種可能……但是另外兩個人也就算了，李並沒有發文提到她去了利格西堤。」

『如果所有人都肯配合電索就好了。每次搜查的時候我都這麼覺得。』十時從鼻子嘆氣。里昂現在是深夜，待在家裡的她穿的是休閒服，一隻皮毛亮澤的貓窩在她的大腿上。『看來只能一步一步慢慢查了。我嘗試從冰枝分享出來的員工個人資料重新清查行動紀錄。』

「還有，關於克里夫．沙克。」哈羅德突然開了口。「他好像是在利格西堤任職了半年左右的程式設計師，一個月前離職，改當接案的程式設計師了。」

『咦？』十時挑眉。『你在說誰？』

「在員工的機憶裡面看到的俄裔美國人。」埃緹卡說明。「記錄下來的情感有點令人介意……輔助官，沙克在人際關係方面發生過什麼問題嗎？」

「沒有。人際關係似乎很好。」

沙克與知覺犯罪之間完全不見任何具體的關聯性。但是，埃緹卡在機憶當中感覺到不對勁也是真的。根據她的經驗，這種時候保險起見還是先調查過比較好。

「十時課長，可以請妳優先確認沙克的行動紀錄嗎？」

『我知道了。我會先從績效高的程式設計師開始，不過會把他安插到前面……』

喵～一道讓人虛脫的叫聲插了進來。十時大腿上的那隻貓正好伸了個大懶腰，站了起來。耳朵相當小巧，是一種名叫蘇格蘭摺耳貓的品種。蓬鬆的皮毛與粉紅色的鼻子逐漸逼近，占據了整個畫面。

『甘納許，不可以搗蛋啦。』十時瞬間綻開笑容，抱起貓。『怎麼了？肚子餓了嗎？剛剛才吃過飯耶，你這個貪吃鬼。』

埃緹卡感覺到一陣涼意——不行，這是「要開始了」吧。

「好可愛的貓。」哈羅德說了。「是機械寵物嗎？」

『是啊。路克拉福特輔助官，你該不會喜歡貓吧？』

「喜歡啊，因為一起睡很暖和。」

『對啊，就是這樣！啊，對了，應該是昨天吧，早上起來的時候，甘納許他……』

「課長。」埃緹卡整個人擠到前面。「報告到此為止，我們還要趕回程的飛機。」

『噢，對喔……辛苦你們了。回到聖彼得堡之後，你們兩個可以休息一天。』

「謝謝課長，有進展的話再聯絡我們。」

埃緹卡像是要切斷甘納許的叫聲，按下通話結束——看向哈羅德，只見他一臉狐疑。他還沒發現自己剛脫離險境。

「為了你的將來著想，我先告訴你。」埃緹卡認真到不能再認真了。「課長開始聊貓的時候，千萬不可以發展這個話題，否則你不是要陪她聊到天亮，就是會遭受數以百計的貓照片恐怖攻擊。」

十時是值得信賴的上司，但實際上，她對機械寵物已經著迷到岌岌可危的地步。她還說真正的貓總有一天會死去，但機械寵物不會死，所以能夠放心愛下去。

「就算這樣，貓很可愛是事實，課長會變了個人似的也無可奈何吧？」

「超過那種程度了，那已經是機械成癮症了。」

機械成癮症是最近已經不稀奇的精神疾病。和機械寵物或阿米客思一起相處的時候感覺到舒適，相對地逐漸失去對其他人的關懷。實際上十時也有這種傾向，身邊已經好幾年沒有人類伴侶了，心思全放在機械貓身上。

無論如何，埃緹卡只覺得疲勞更嚴重了——她叼著電子菸，靜靜吸了一口。先是利格西提，又是泰勒，磨耗神經的人事物接踵而至，讓她隱約感覺頭痛。

「電索官，妳的臉色果然不太好。」

「那是你的錯覺。」埃緹卡吐出煙霧。因為不想被深究，她改變話題。「對了，我剛才遇見和你同型的阿米客思，叫什麼史帝夫的……」

「史帝夫．豪威爾．惠斯登是吧。」哈羅德毫不驚訝。「我聽安說了。她說她之所以一直盯著我的臉，是因為認識史帝夫。」

「是喔。我還以為是因為你的臉孔太過精雕細琢了呢。」

埃緹卡自以為這是顯而易見的酸言酸語。

「能夠得到妳的稱讚是我的榮幸，要不要靠近一點看啊？」

「住手，誰稱讚你了，不要靠過來，應該說不要動不動就想靠過來給我看。」

「不需要那麼慌張吧。」哈羅德帶著微笑退開。「妳這個人果然很有意思。」

「閉嘴。」埃緹卡清了喉嚨。這傢伙真的是。「所以，你和史帝夫見面了嗎？」

「沒有。不過，我不知道他還在運作呢。」

「對方也說了同樣的話……他說之前和你共事過啊。」

「是啊。是開心的回憶。」

哈羅德只是這麼回答。埃緹卡心中湧現了些許想詳細追問的衝動，但她壓了下去。要是隨便問出口，會顯得自己像是對他有興趣。

「那個，該怎麼說呢……史帝夫雖然比你冷淡，不過感覺老實又誠懇呢。」

「照妳這樣說，簡直就像我不誠懇似的。」

「啊，不是。」糟糕，不小心拐彎抹角地說出真心話了。「你的外型也和他一樣，只要穿上一樣的衣服然後不說話，看起來也會很誠懇吧。」

「越描越黑了。」他顯然一臉傻眼。「而且我們兩個分得出來。我們各自有自己的序號。」

「我知道，寫在身上的某個部位對吧？」

「是的，在左胸上。」哈羅德裝模作樣地把手放在胸口。「很浪漫吧？」

「……………浪漫？」

「以人類來說，在心臟的正上方呢。」

「話先說在前頭，我不是那種會因為這種話題而陶醉的類型。」

「我知道，太可惜了。」阿米客思以詼諧的動作聳了聳肩。「……話說回來，妳是不是從剛才開始就格外多話啊？」

埃緹卡不禁為之屏息。她也覺得自己確實從剛才開始就說太多話了。面對這個傢伙的時候，這種態度或許太過大意了。

「在有什麼事情不想被人觸及時，人類會變得多話。看來妳現在的心理壓力大得必須和妳最討厭的阿米客思聊天來舒緩心情。」

她立刻否認：「沒有。」

「聽說妳和伊萊亞斯・泰勒見過面，是不是和他怎麼了？」

果然被看出來了。他又要像李那個時候一樣，開始說些揭穿人家心事的話了吧——要是連父親和姊姊的事都被他看透——

埃緹卡渾身僵硬。

「電索官，吸菸固然是緩解心理壓力的好方法，但我個人比較推薦甜食。」

他以行雲流水般的動作遞出來的是一小包巧克力點心。眼熟的知名包裝，讓她不禁一愣——啥？

「這是一位員工剛才給我的，不嫌棄的話請用。」

她一心以為又要被哈羅德擅長的觀察眼摸個透徹了。出乎意料的親切。埃緹卡不經意地差點伸出手要接下巧克力。

「還是算了，我不要。」

「妳不喜歡從阿米客思手上接東西嗎？」哈羅德的嘴角放鬆。「如果是這樣，不要覺得是我給妳的，請當作是利格西堤給妳的禮物吧。」

「喂。」埃緹卡還來不及抵抗，他已經把巧克力塞到她手上。「我、我不是說不要了嗎……！」

在他們兩相推託的時候，計程車的車頭燈已經劃開黃昏的黑暗，逐漸逼近。哈羅德迅速走向計程車，所以埃緹卡最後還是沒能把巧克力還給他。

什麼東西啊——她握著那一小包巧克力，心想如果這個東西可以因為掌心的溫度而融化，就這麼消失不見就好了。

令人不悅的溫柔。

阿米客思只是知道溜進人心的手段，這些全都是程式罷了。

3

隔天寶貴的假日在來自哈羅德的一封訊息的轟炸之下，消失得無影無蹤。

〈比加邀我和她約會。今天正午，我們約在米哈伊羅夫斯基公園碰面。〉

宛如晴天霹靂。當時的埃緹卡原本在宿舍裡享受著睡懶覺的幸福，卻因此乍然甦醒——明明昨天才剛提醒過他要遵守身為搜查官的規範。

〈順道一提，我計劃在十一點半左右抵達離那裡最近的圈樓站。〉

啊啊夠了喔開什麼玩笑啊！

於是，儘管是假日，埃緹卡卻淪落到必須搭地下鐵晃蕩的下場。好不容易在目的地車站下了車，渾身無力地站上電扶梯——題外話，聖彼得堡的地下鐵行駛在地下相當深的地方，抵達地表需要花費約三分鐘之久。

來到戶外，吹襲的寒風幾乎要將她的煩躁全部凍結。

哈羅德靠著路燈站著。不再筆挺的毛呢大衣，配上勃艮第酒紅色的圍巾。大概是因為假日時不用髮蠟，平常整齊的瀏海帶著自然的空氣感垂墜，讓他多了幾分稚氣——這種事根本無所謂。

埃緹卡跺步走向他，他便抬起頭，用力眨了眨眼。

「電索官，今天是假日耶。妳為什麼穿得跟工作的時候一樣？」

埃緹卡不禁低頭看了看自己的服裝。黑色的長大衣，黑色的毛衣，黑色的丹寧褲，黑色的靴子。這種穿搭當成平常的便服也沒什麼好奇怪的。她自己是這麼認為的。

「哪裡有問題嗎？」

「沒有。」他好像察覺到什麼了。「我有件事情想請教一下，妳有不是黑色的衣服嗎？」

「沒有。有顏色的衣服每次都要想搭配的問題，太麻煩了。」

「原來如此，我是知道妳不懂生活情趣……妳這個人還真是很浪費。」

「啥？」他想表達什麼啊？「我要穿什麼是我的自由吧，更重要的是……」

「順便問一下，妳總是戴著那條項鍊，那是妳的最愛嗎？」

「不要多問。」她不禁握住胸口的藥盒型項鍊。「你是穿搭程式還是什麼嗎？」

「妳想要的話，我可以當程式喔。『妳穿起煙燻藍的大衣一定很好看』。」

「我是來阻止你的。」埃緹卡把握這個好機會惡狠狠地瞪著他。「比加是案件的關係人，和她約會根本不是身為搜查官應有的作為。更何況你還是阿米客思……」

「我的確和比加約好要見面，不過約會是我說謊。」

「…………說謊？」

「因為我想叫妳出來，想說這樣妳一定會趕過來。」哈羅德露出微笑，一點都不覺得自己有錯。「這是阿米客思式笑話，還喜歡嗎？」

埃緹卡頓時虛脫——這台爛機械，信不信我現在立刻揍扁你那張漂亮的臉蛋。

「你這個傢伙……在放假的時候把人家吵醒還鬼扯……」

「已經中午了，能睡的時候多睡對於消除疲勞不能說是有效。」

「少囉嗦。」這傢伙八成無法理解睡眠是至上的享受吧。「那麼，比加找你的真正目的是什麼？」

「電話中，她說已經下定決心要締結『契約』了。我並非正式的搜查官，所以必須請妳見證才行。」

契約——也就是說，以民間協助者的身分締結契約。

埃緹卡他們從凱於圖凱努回來之後，電子犯罪搜查局決定挑選比加作為民間協助者。所謂的民間協助者，換言之就是密探。以不追究過去的生物駭客活動作為交換條件，要比加監視黑社會組織的動向，在有動靜的時候回報。

說要推薦她當民間協助者的，正是哈羅德。

『說起來，少數民族之所以沾染生物駭客活動，是因為想維持文化並得到合理的收入有其困難。明知如此卻強加取締的話，難免會造成又一個斷絕的文化。既然如此，不如採取別的手段比較好。』

老實說，哈羅德的想法讓埃緹卡難以理解。即使一個小規模民族的文化又消失了，在現在這個時代也不會有人理會——不過，她也不需要刻意排斥這種事情。跟十時提議之後，局裡決定向比加要約，只等她做出回應。

「就算這樣……如果下次你再用這種方式叫我出來，我會暫時不跟你說話。」

「沒關係，我會想辦法讓妳開口。」

「你給我閉嘴反省吧。」

埃緹卡很快就感覺到疲勞，但她設法甩開。總之這也有一半算是工作，得轉換心態才行。

比加遵照約定，站在米哈伊羅夫斯基公園的入口。她整個人包裹在色彩繽紛的毛線帽以及純白的羽絨大衣底下——到此為止還沒問題。

埃緹卡與哈羅德幾乎同時停下腳步。

「所以——」埃緹卡歪過頭，指著比加那邊。「你覺得那是她的朋友嗎？」

「即使是，看起來也不太熟的樣子。」

比加面前站著兩個男性阿米客思。他們的衣著相當悲慘，發霉的夾克、開了洞的長褲，鞋子是沾滿泥濘的運動鞋，頭髮和皮膚上附著不明汙垢。一眼就可以看出他們是沒有持有者的流浪阿米客思。

埃緹卡與哈羅德若無其事地走過去，流浪阿米客思一發現他們便飛也似的離去。留在原地的比加嘴脣不停顫抖，看起來相當氣憤。

「那些傢伙是怎麼回事……突然就叫我施捨錢給他們，簡直無理取鬧。」

「他們是流浪阿米客思，專找年輕女性和旅客當目標。」

被持有者非法棄置的阿米客思，以人類而言就是流浪漢。他們向別人強討金錢與衣物，住在後巷或空屋裡過活。流浪阿米客思的存在是社會問題之一，不同國家、不同都市的處理方式都各有差異。在聖彼得堡，看起來幾乎是置之不理。

「阿米客思？」比加顯得困惑。「我沒有好好看過真正的阿米客思……還以為他們是人類。」

「對吧。」哈羅德微笑著表示。「我們稍微散個步，讓妳平復一下心情好了。」

這麼說來，他打算對比加隱瞞自己的身分到什麼時候啊？這裡不是限制區域，而且她都要當協助者了，感覺應該已經沒有保密的理由。

米哈伊羅夫斯基公園裡的樹木任憑冬季摧殘，枯萎得令人心生哀戚。孩童與陪伴的阿米客思、年輕的情侶、老夫妻等在公園裡散步作樂。

哈羅德與比加在長椅上坐了下來，所以埃緹卡靠在附近的樹上。

「之後，李康復得還好嗎？」哈羅德問。

「幻覺的問題還是老樣子，不過腦挫傷幾乎沒有大礙了，好像也沒有後遺症。」

幸好李沒有死——埃緹卡這麼想。當時她以電索為優先，採取了非人道的態度，話雖如此，她也不希望最糟的結果發生——當然這種事情她也不會特地說出口。

「其實，我剛才代替李去了芭蕾學院一趟，提交退學申請。」比加微微低下頭。「那孩子一直想成為首席舞者，可是又沒有才能……我是因為她拜託我才幫她放了肌肉控制晶片。可是，這次出事之後我們又談了一次，最後覺得這種事還是不應該。所以，我們也把這件事告訴了阿姨他們……」

「妳們做了正確的決斷，這點肯定沒錯。」

「我想如此相信。」比加深有感觸地喃喃說著。「明天有毒品走私販會從海參崴逃到聖彼得堡來。我負責用抑制劑讓那個人的YOUR FORMA停擺，協助他逃亡。」

她舔了舔乾燥的嘴唇，以澄澈的眼睛看著哈羅德。

「這就是我第一個提供的情報……我要以民間協助者的身分締結契約。」

「妳做這個決定真是太好了。只要妳遵守契約，我們就會保障妳的人身安全。」

見比加點頭，他遞出平板電腦，上面密密麻麻寫滿了契約內容。比加看過一遍，慎重地以指尖簽名——這樣，契約就完成了。接下來要將資料分享給十時，還得告訴她比加洩漏的情報。

不過，過程出乎意料地簡短。現在就回宿舍的話，到晚餐時間還可以睡很久。埃緹卡心想這樣多少還可以享受一下這個假日，心情著實輕鬆了不少。

「不好意思。」不同於剛才，比加格外忸忸怩怩地開了口。「其實是這樣的，我已經很久沒有離開凱於圖凱努……難得出來一趟，想觀光一下，如果不會太麻煩……」

不對，慢著。

「沒關係。」哈羅德毫不猶豫地表示。「不嫌棄的話，我可以帶路。」

「真的嗎？太感謝你了！」

「真是太好了，那你們兩位好好玩。」

要逃只有現在了。埃緹卡舉手道別，打算快速離開現場。「冰枝電索官。」哈羅德叫住她。「我什麼時候說妳可以一個人回去了？」

饒了我吧。

艾米塔吉博物館前的宮殿廣場上裝飾著與聖誕樹極為相似的冷杉樹（Yolka）。根據YOUR

FORMA的分析，那好像是為了慶祝新年——這麼說來，距離新的一年還有兩天啊。這個職業和諸如此類的節慶活動無緣，總讓人容易失去這方面的感覺。

依照比加的期望來到的博物館廣闊得不見邊際，甚至在入口都可以聽到導遊阿米客思開玩笑說：「在這裡迷路的話，永遠沒有人找得到你。」作為本館的冬宮是羅曼諾夫王朝時代的皇宮，經過不斷整修的外觀以壓倒性的奢華著稱。

「我很期待！」比加的眼睛閃閃發亮。「我從以前就很喜歡西洋美術史，經常看相關書籍。」

「我也來過幾次，我想妳一定會喜歡。」

她和哈羅德是這個反應，然而不用多說，埃緹卡對這方面的藝術一點興趣也沒有。所以入館之後，她也只是慢吞吞地跟在兩人後面。什麼彼得大帝紀念廳、什麼閣樓廳，總之那些到處都裝飾得極為浮誇、金碧輝煌的空間，她都只是走過。人還不少，不斷彈現的個人資料令她心煩——她打開YOUR FORMA的設定，將個人資料顯示設為關閉。她今天姑且算放假，應該無所謂吧。

在文藝復興美術品的展示廳，一尊雕刻吸引了她的目光。是一個男孩擺出彎著背的姿勢，正在拔除腳上的刺。即使看在她一個外行人眼中，也看得出有多少積累的歷史刻劃在肌膚上。

「這是『蜷伏的男孩』。」身旁的哈羅德告訴她。「是米開朗基羅的作品。」

埃緹卡強忍住嘆息。「和YOUR FORMA一樣的訊息就不用說出來了。」

「感想如何?」

「現在的我正好也想蜷伏下來。」

「我不知道妳還會說笑話。」

「這不是笑話。」

「這個我也在書上看過。」比加不著痕跡地介入埃緹卡與哈羅德之間。「我記得這是未完成的作品,因為手腳還沒有完全雕好……」

「妳真清楚。」哈羅德說了。

「米開朗基羅的繪畫固然動人,但我比較喜歡這種雕刻。」

「其他還有什麼喜歡的作品?」

「雖然千篇一律,不能不提聖彼得大教堂的聖母慟子像。」

「我懂。那完全更新了聖母瑪利亞的形象。」

已經夠了。對埃緹卡而言,假日並不是為了聽這種高尚的對話而存在的日子——順帶一提,比加忽略她忽略得相當露骨。大概是之前那次失禮的偵訊讓比加很火大吧。也就是說,她只是個電燈泡。

既然如此，這次真的要閃人了。這麼想的埃緹卡正打算不著痕跡地遠離兩人。

「噢，冰枝電索官，我有件重要的事情忘記跟妳說了。」

「……重要的事情？」

「比加，我失陪一下。」

哈羅德向比加交代了一聲，然後立刻拉住埃緹卡的手臂，就這麼不由分說地將她帶到展示廳的角落。是怎樣啦，真是的。心生厭煩的埃緹卡與他面對面。

「什麼事？和搜查有關嗎？還是比加？」

「妳想偷偷溜回去對吧？別想得逞。」

真希望他可以睜一隻眼閉一隻眼，不要什麼都看透。再也沒有比這個更難搞的情況了。

「聽好了，路克拉福特輔助官。」埃緹卡伸出食指抵在哈羅德的胸口。「比加想要和你兩個人獨處，可別說你沒有發現。而我不想在你們的『約會』中當電燈泡，我還比較想回去睡覺。」

「這是名符其實的工作。」

「怎麼想都只是觀光吧。」

「雖然不會有假日加給，這確實是職務無誤。」

「之前說想要休假的是哪來的仁兄？」

「那是用來問出安的聯絡方式的藉口。」

「我從之前就很想說了，你那個輕浮的個性可以改一改嗎？」

「看來妳有所誤會，我只是覺得人脈建立起來不會吃虧而已。」

「少來了。」

「電索官，算我拜託妳，別回去。我這就告訴妳『重要的事情』。」哈羅德把臉湊了過來，害埃緹卡不禁僵住。不准靠近。「其實，是關於那幅繪畫。」

「怎麼了？」

「左邊的女子，和妳長得有點像。」

「…………啥？」

「這是很重要的事情吧？」

哈羅德聳了聳肩，就這麼回比加那邊去了——真的是只會胡鬧，完全搞不懂他在想什麼。就算是要和比加應酬，也可以一個人來吧，不要動不動就把別人拖下水好嗎……啊啊，可是，反正就連自己嘴上再怎麼抱怨也會將就著陪他們到最後的個性，大概也被他看透了吧。

離開博物館的時候已經將近下午四點，天空早早開始染上了夜色。依照比加的期望，他們一路走向涅夫斯基大道。剛甦醒的聖誕燈飾照亮往來的親子臉上幸福的表情。

埃緹卡不經意地別開視線。

「啊。」比加在紀念品店前面停下腳步。從敞開的入口看進去，裡面陳列著俄羅斯套娃。「那個……我想買點東西回去給爸爸和李。」

「好啊，我們一起找吧。」

哈羅德與比加一起走進店裡。

埃緹卡決定在外面等，便靠在路燈上。不知不覺間，她嘆了口氣。總覺得比工作的時候還要累，她完全不習慣把時間花在這些事情上。她對觀光沒有興趣，基本上和別人一起在外面走動這種行為本身她也很少做。埃緹卡並沒有特別親近的朋友，話雖如此，她也不曾因為孤獨而有任何困擾。

只要習慣了，一個人反而比較輕鬆。

她像平常一樣用YOUR FORMA打開熱門新聞。她不禁想咂嘴，不為別的，只因為報導清單當中竟然混進了有關阿米客思的文章。她因為無謂的最佳化感到煩躁，關閉瀏覽器——隔著店家的玻璃，她看見哈羅德與比加的身影。哈羅德將一個拇指大小的俄羅斯套娃握進手中，張開之後便消失了。拐小孩的魔術。但是比加真的為之驚奇，天真地笑了，笑得像是開心得不得了。

過去，自己是否也曾像那樣笑過呢？

——埃緹卡，要挑哪一種？

她隱約感覺到胸口刺痛。

——爸爸大概喜歡藍色吧。

啊啊，總覺得好像要回想起討厭的事情了。

——爸爸一定會很開心。

姊姊露出柔和微笑的模樣浮現在她閉上的眼中。

4

六歲的冬天。開始一起住之後，父親的第一次生日到來了。

「埃緹卡小姐，妳要出門嗎？請圍上圍巾。」

埃緹卡在玄關穿鞋的時候，澄香出現了。她以恭敬的動作想要將圍巾遞過來，但埃緹卡默默搖了搖她的小腦袋。不要。

「今天的最高氣溫是兩度，妳可能會感冒。」

「我不要！」埃緹卡斷然拒絕。不知道從什麼時候開始，她不再能夠安心接受澄香的溫柔。「我現在要出門，不要告訴爸爸。」

「那是命令嗎？如果是的話又是為什麼呢？」

啊啊，真是的。在這種地方拖拖拉拉的會被發現啊。

「總之不可以說就對了！我們走，姊姊！」

埃緹卡丟下澄香，衝出玄關——小小的心臟激動地跳個不停。

離開公寓，像是受到催促似的奔馳在隅田川沿岸的道路上。或許是因為剛迎來新年沒多久，每天都在看的景色，今天看起來也特別閃亮清新。

「埃緹卡，等我！」

埃緹卡被這麼叫住，便轉過頭去。姊姊正好追上了她。姊姊一邊調整呼吸一邊將還留有稚嫩的雙手伸了過來。

「來，握住我的手。我幫妳取暖，讓妳暖和到沒有圍巾也不要緊。」

「姊姊常用的魔法？」

「對啊。」姊姊稚氣未脫的面容上浮現了成熟的笑容。「來，請握。」

姊姊的雙手蘊藏著魔法。聽起來傻氣，但年幼的埃緹卡真的這麼相信。因為一牽起姊姊的手，之前的寒冷都會像不存在似的消失殆盡，身體彷彿在春意籠罩之下，暖和了起來。

「謝謝姊姊。」

「魔法還沒結束喔。」姊姊以纖長的手指指著天。「妳看。」

一樣東西輕飄飄地落在埃緹卡的鼻尖——是一片花瓣似的牡丹雪。未免太漂亮了吧。埃緹卡不禁笑開。

「會不會積雪啊？」

「埃緹卡想要的話就會積雪喔。」姊姊露出微笑。「好，那我們賽跑去柑仔店！」

「咦，啊，等我！姊姊作弊！」

兩人的笑聲滑過冰冷的河面。

她們要去的柑仔店位於十字路口的轉角。入口鋪著用來刮除鞋底泥土的老舊腳踏墊，跟不上時代的拉門開著一條隙縫。平常買東西都是父親在電商網站上處理好，來到這種實體店鋪的機會真的很少。

埃緹卡帶著興奮的心情，以雙手將拉門開到底。

裡面是色彩繽紛的珠寶盒。只有這樣的字句可以形容。在挑高的架子上如花朵綻放的點心全都閃爍著光芒，埃緹卡瞬間就著了迷。店內除了他們，還有幾個不認識的小孩，大家的眼睛都一樣閃閃發亮。

「埃緹卡，要挑哪一種？」姊姊在這種時候還是保持冷靜。她看著心情飄忽不定的埃緹卡，不禁莞爾。「妳要送點心給爸爸對吧？」

「嗯。」沒錯，今天就是為了這件事才偷偷溜出來的。「我聽澄香說，人類在動腦的時候會想要糖分。」

「而且爸爸總是很努力在工作。」

實際上，過去她一次也沒有幫父母慶生過。

再說，埃緹卡本身也沒有被慶生的經驗，父親和母親都不曾幫她慶生。他們兩位似乎都沒有節慶活動的意識，生日只是日常生活的一部分。所以在接受YOUR FORMA手術連上網際網路之後，她才第一次知道，所謂的生日好像是特別的一天，是送禮物慶祝會很開心的日子。

「我在網路上看過，其實應該送手錶或手帕之類。可是我買不起。」

「不過，這裡的東西用埃緹卡的零用錢也買得起？」

「沒錯。」埃緹卡忍不住挺起胸膛。「是個『好主意』吧？」

猶豫又猶豫了二十分鐘後，她選了糖果。沉重的玻璃瓶裡裝滿了像是摘下冬天的天空再搓成圓形的糖果。價錢雖然比其他點心貴一點，不過她一直存錢至今，所以不成問題。最重要的是，這個顏色最合乎理想。

「欸，姊姊，我覺得爸爸大概喜歡藍色吧。」

「大概？」

「因為衣服、手帕、牙刷和拖鞋全都是藍色的。澄香的衣服也都是藍色。」

「埃緹卡對爸爸觀察得很仔細呢。」

「嗯。因為有『約定』，我完全沒辦法和爸爸說話，所以必須多看多記……」

埃緹卡忽然感覺到其他小孩們的視線，便低下頭去。或許是說得太大聲了點。

結完帳離開柑仔店的時候，外面已經變成一片銀白色的世界。她應該高興的，心情卻怎麼也靜不下來。仔細想想，父親在埃緹卡自作主張的時候就會生氣，今天的禮物也是自己偷偷想到的，所以她擔心了起來。可是，她在網路上看到父母收到小孩送的禮物會開心，同學們也會在父母的生日送他們自己喜歡的彈珠還有父母的畫像，都讓父母很開心。

儘管這麼想，她還是一臉愁容。或許是因為這樣吧。

「爸爸一定會很開心。」姊姊像平常一樣溫柔地輕撫她的頭髮。「沒問題的。」

光是這樣就讓不安煙消雲散，就能讓她覺得所有事情都會順利。真是不可思議。

她相信只要姊姊說沒問題，任何事情都會沒問題。

太年幼無知了。

回到家的埃緹卡去找窩在書房裡的父親。他埋首於工作，臉雖然朝向她，眼睛卻一直追著YOUR FORMA裡面的內容，完全沒有看見女兒。

「埃緹卡小姐，妳有事找親悟先生的話，我來代為轉達。」

澄香從背後對埃緹卡這麼說，但她不予理會。即使會打破約定，她還是想自己交給父親。她希望能讓父親開心。謝謝，我很高興——在她的想像當中，這個人會這麼說，並且生平第一次擁抱她。

所以埃緹卡為了讓父親回頭，傳送訊息到他的YOUR FORMA裡面。而且不是一則，她記得自己一口氣塞了近百則。因為以她的資訊處理能力，要辦到這點小事用不著一秒鐘。

這時，父親才終於發現站在書房入口的埃緹卡。

「爸……」

「滾出去。」

他狠狠撂下僅僅三個字。埃緹卡有些害怕，但還是沒有卻步。

「這個……」她戰戰兢兢地走向父親。「送給你。這是生日……」

最後的「禮物」兩個字，她沒能說出口。

父親隨手一揮，輕易揮飛了埃緹卡遞出去的糖果瓶。玻璃瓶飛舞在半空中，舞姿是那麼優雅，那麼美麗。只要不眨眼，時間一定會就此暫停吧。瓶子一定不會掉到地板上，懸空靜止，永遠凍結在原位。

可是，埃緹卡終究眨了眼。

瓶子重重摔在地板上，碎成一片片。糖果四處飛散，在房間裡散落一地，奏起下冰雹似的凶暴聲響——埃緹卡一臉茫然，看著眼前的父親。他眼中已經沒有自己了，心在YOUR FORMA裡面。人在這裡，卻不在這個世界。

為什麼？

「澄香。」

父親叫的不是她，而是阿米客思。站在門口的澄香說了：「我立刻收拾。」之後轉過身。所以，埃緹卡不禁尖叫。

「不可以！不要收拾！」

父親的手猛然伸了過來，用力將她推開。她一屁股跌坐在散落著碎玻璃的地板上——當時，父親確實看了埃緹卡。啊啊，他終於願意看自己了。可是她之所以一點也不覺得高興，是因為父親的眼中充滿冷漠的怒意嗎？

「埃緹卡，妳該扮演的角色是什麼？是爸爸的『機械』。」

我知道，可是……

「嗯。」她明明還有其他話想說，脫口而出的卻是順從的話語。「對……不起。」

「澄香，快點收拾。」

「遵命。不過在收拾之前，我會優先處理埃緹卡小姐的傷勢。」

茫然坐在地板上的埃緹卡被澄香溫柔的手抱了起來。她們就這麼離開了父親的書房——緩緩關上的房門，隨著淚濕而逐漸模糊。她感覺到自己一直以來壓抑的心情崩裂、綻開、宣洩而出。為什麼？我只是想讓爸爸開心而已。為什麼？我不可以想著要爸爸對我說謝謝嗎？想著要爸爸緊緊擁抱我一下也太貪心嗎？為什麼爸爸要讓我答應那種約定？爸爸討厭我嗎？

澄香讓埃緹卡坐在客廳的沙發上。她悉心為埃緹卡包紮被玻璃割傷的手。她的手指有著成年女性的指尖，非常靈活，隱約讓她聯想到母親。如果沒有人工皮膚的觸感以及比人類略低的體溫，她應該能更加感到安心吧。

回過神來的時候，埃緹卡已經喃喃說出口了。「我想去找媽媽。」

她不是真的如此期盼，她完全沒有想過要和有暴力傾向的母親再次一起生活。父親雖然冷漠，總比母親好。總之，她就是想表達抗拒。

「埃緹卡小姐，親悟先生很重視妳的。」

「妳騙我。」她無法相信。「如果澄香也做出同樣的事，他才不會那麼生氣。」

「妳很難過吧。太可憐了。」

臉頰被澄香的手撫摸，讓自己強烈地感到毛骨悚然——她看起來真心感到難受，皺起眉頭憐憫著自己。突然間，這讓她覺得太過虛情假意。

她真的「覺得自己很可憐嗎」？

澄香親切又溫柔，絕對不會生氣，不會做人類不想要的事情，總是那麼貼心。這個機器人的原理就是這樣，無論如何都保證會表現得像個理想的朋友。

換句話說，一切的一切都是虛假，都只是程式。

爸爸知道這個道理嗎？

明知道是這樣，爸爸還是覺得澄香比較可愛嗎？

這樣太奇怪了，太荒唐了。

「都是澄香害的。」埃緹卡忍不住這麼怪罪。「都是因為有澄香在，爸爸才不願意喜歡我。因為和我比起來，澄香才是方便的乖孩子！」

班上的大家都和爸爸那麼好，為什麼自己不是？

她一直在找理由。

只有她不受父母疼愛的理由。

將她的哀傷合理化也不會有人怪罪的理由。

全部，都是阿米客思不對。

找這個當理由正是簡單明瞭，無懈可擊。

「我和爸爸不一樣，妳對我再溫柔，我也不會喜歡妳，也不會和妳好好相處。因為全部都是程式啊。全部都是假的，全部都是謊話。我才不相信那些！不要瞧不起我！」

澄香的眼睛因悲傷而越張越大。「埃緹卡小姐，我……」

「吵死了，我什麼都不想聽！」

埃緹卡甩開拉住她的澄香，把自己關在房間裡。她強忍著嗚咽，抱著腿縮成一團——姊姊輕輕貼到她身上，體溫傳了過來。姊姊用她細小的雙手緊緊擁抱埃緹卡。好溫暖，溫暖得不得了。

「沒問題的，埃緹卡。」姊姊的耳語宛如包覆傷口的絲綿。「我最喜歡的，就是埃緹卡了。」

沒錯，沒問題。我有姊姊在。

只要有她在，光是這樣就夠了，沒有其他能夠信任的事物也無所謂。

然而——

「冰枝電索官？」

回過神的瞬間，喧囂如浪濤湧至。埃緹卡的身體安坐在昏暗餐廳的座位上，坐在對面的哈羅德一臉狐疑地注視著她。眼前放著沒動過的基輔雞排（Kotleta），在蜜糖色的燈光下閃閃發亮。

她太過沉浸在思緒之中了。

明明過去的事情再怎麼想也已經無濟於事。

「那個……怎麼？」她忍不住揉了揉眼頭。「比加在哪？」

哈羅德移開視線，於是埃緹卡也順著看過去——抱著弦樂器巴拉萊卡還有鼓的樂手們正在舞台上進行準備工作，暫停用餐的客人們聚了過去。比加也加入人牆當中，盡己所能挺直了身子。

「薩米人會唱謠伊克（Joiku）對吧？所以，她好像對俄羅斯民謠很有興趣。」

不久後演奏開始，隨著輕快的旋律，樂手開始朗聲高歌。曲子聽起來愉悅，卻隱約讓人感覺到鄉愁。腦袋依然昏沉的埃緹卡仰望著天花板。水晶吊燈漆成了紅色，天花板上畫著花朵，有如繁星密布。

夠了，今天還真是整天沒一件正經事。

「輔助官，你玩過頭了。」埃緹卡瞪了哈羅德一眼。「這頓晚餐也無法報公帳。」

「無所謂，這個我知道。」

「可是，你沒領薪水吧。」

「我還有點能自由動用的錢，也不算少了。」

哈羅德若無其事地這麼說，拿刀切開盤中的菜餚。原來如此，分局給了足夠的零用錢，讓他身為搜查官不至於捉襟見肘吧。這無所謂，問題不在金錢方面。順帶一提，他的餐桌禮儀莫名高雅也令埃緹卡不悅，但這也姑且不論。

埃緹卡先確認過比加還不會回來，然後壓低聲音說：

「比加確實成了民間協助者，建立彼此之間的信賴是很重要。可是，你對她親切到這種程度的理由是什麼？因為我們害李受了傷，讓你有罪惡感嗎？」

「妳不吃嗎？會涼掉喔。」

他始終是這個態度。埃緹卡繼續瞪著哈羅德，將刀叉拉到手邊。不是什麼重要的事情，不過比起這種麻煩的食物，她更想要果凍。

「我想應該不至於，你該不會是在玩弄比加的感情吧？」

「我那麼做究竟有什麼意義？」

「這個嘛……」再怎麼想也應該不至於，但是……「比方說以觀察喜歡上自己的女人為樂，之類的。」

「妳過去曾經遇過很討人厭的男人吧？或者是父親採取高壓式管教。」

「啊——剛才是我亂猜的，說說罷了。」這傢伙的千里眼不能收斂一點嗎？「我知道，你們會表現得和人類一模一樣，不過並沒有戀愛的成分，追根究柢……」

「二十八例。」

「咦？」

「去年在俄羅斯成立的人類與阿米克斯的情侶組數。妳對阿米客思毫不關注，所以我想妳大概不知道。」

「退個一百步，就算人類會愛上阿米客思，你們也不會愛上人類。」

「這很難說喔。」哈羅德歪頭的動作隱約帶點挑釁意味。「雖然和人類的感覺稍有不同，我們也能談戀愛。因為我們和你們一樣，擁有各式各樣的情感。」

「不對，那不是情感，是為了理解人類而內建的情感引擎。」

「在這個前提下，我要重申。」他沒有理會埃緹卡的主張。「我並沒有在玩弄比加。溫柔地對待她，是因為有其必要。我說過這是工作了吧？」

「那麼，請你進一步詳細說明。」

「非常抱歉，現在還不到那個階段。不過，這必定會順利發揮作用。」

看來他好像又有什麼自己的計畫了，但似乎不打算透露。把別人拖下水還來這套也真是有膽識啊。順帶一提，他這種利用人心的手法也讓埃緹卡很不喜歡。不過不只是人心，甚至不惜燒斷別人的腦神經的她也沒資格說什麼就是了。

「至少應該讓她知道你是阿米客思吧。」

「不，還不要告訴她。」

「你到底在想什麼？」

「當然是破案。」

埃緹卡無法相信，也完全不懂他的用意。更何況，比加與知覺犯罪完全無關。

心生煩躁的埃緹卡切了一口肉，放進嘴裡。很難得地，哈羅德暫時什麼都沒說，只有俄羅斯民謠不斷落在餐桌上，逐漸滑落。

不久後，比加回來了。

用餐完畢離開店裡的時候，已經過了晚間八點。夜晚刺膚的冷空氣讓埃緹卡不禁縮起脖子。哈羅德一邊用電子裝置呼叫附近的計程車，一邊走向大道確認狀況。

結果，假日整個泡湯了。

埃緹卡想排解腦袋裡的疙瘩，以凍僵的手拿出電子菸。

「冰枝小姐。」

突然間，站在她身旁的比加叫了她。埃緹卡內心嚇了一跳。她一心以為比加直到最後都會把她當空氣，再說，她已經太習慣其他人對她投以負面情感，所以就連比加把她當空氣這回事都忘記了。

「那個……」比加以天真無邪的眼神看著她，潤了潤嘴唇。「有件事情我一直想問妳……妳在李沒有意識的時候，強行連接了她的YOUR FORMA對不對？」

她瞬間緊張了一下。「什麼意思？」

「醫院的醫生調查過李的YOUR FORMA的連線紀錄，告訴了我這件事。」

換句話說，比加不是因為她在偵訊時不知分寸，而是為李的事情感到氣憤嗎？

「不好意思，那是搜查的一環。」埃緹卡說出標準答案。「電索能夠得到本人的同意當然是最理想的，不過以那個狀況並不違法。」

「我知道。可是，我要說的不是那個意思。」

可想而知，埃緹卡也明白。「我無論如何都必須那麼做，請妳理解。」

「我可以理解，但即使理解了還是覺得很過分。要是那孩子有什麼萬一——」

比加的眼神十分緊繃，感覺隨時都會哭出來。

「妳簡直不是人。」

她以淺薄的吐息帶著怨恨如此唾棄。

埃緹卡沒有說話。她明知道事情會變成這樣，還是做出那種選擇。

——妳為什麼要故意把自己表現得像是冷酷無情的人呢？

真是夠了，廢話少說。

不久後，一輛計程車在哈羅德前面停了下來。比加沒有多說什麼，朝他走了過去。她和哈羅德彼此握手之後，上了計程車。車子隨即起步，化為繁多的車尾燈之一，逐漸遠去。

埃緹卡收起來不及點的菸。

吸了一大口幾乎要讓人凍結的夜風。光是這樣，就讓她稍微冷靜了。

該回去了。

她才剛邁出步伐，就聽見一道腳步聲從後面傳來。在她轉頭之前，哈羅德已經在她身旁並行。埃緹卡不知怎地沒辦法看他的臉，就這麼將雙手插進大衣口袋。

「電索官，今天非常謝謝妳。我送妳回宿舍。」

「不需要。」她現在想獨處。

「比加好像會在市內的飯店待幾天。她說是莫斯科夫斯基地區的『樂園』飯店五〇五號房。」

「我知道了。要是上級針對她洩漏的情報有什麼指示，我會聯絡那裡。」

「其實我還有其他事情想和妳談談。」

「不好意思，沒有很急的話明天再說吧。」

「比加對妳說了什麼難聽的話嗎？別那樣鬧脾氣了。」

埃緹卡終究停下了腳步。哈羅德也跟著站定——比加剛才說的不是什麼難聽的話，她說的是事實。那是理所當然的主張。

「不要觀察同事。」

「對不起。我原本不想說什麼的，只是太想留住妳。」

他始終那麼沉穩，但埃緹卡總算發現了——哈羅德在生氣。不對，埃緹卡不知道他是不是真有怒意，他的表情和平常完全一樣。但是，埃緹卡隱約感覺得出來。

突然，心裡一陣騷動。

「電索官。」

「……怎樣？」

「請妳不要擅自認定我們的情感是程式使然。」

哈羅德依然帶著微笑，否定的語氣卻是那麼決絕。埃緹卡想起不久前的對話，感覺到像是喉嚨被掐住的窒息——原來是否定了阿米客思的情感，讓他感到不愉快嗎？所以，他剛剛才沉默了一陣子。

「妳對阿米客思的看法有多負面都無所謂，可是，過於武斷的發言，我無法坐視不管。請妳收回。」

「我拒絕。」她斷然拒絕，幾乎是反射動作。「我只是說實話。泛用人工智慧的思考過程，和人類的大腦不同。假如你們有心，連你們的心也是程式。」

「那麼，妳以為人類的心就不是程式嗎？你們的喜怒哀樂，追本溯源的話也只不過是電流傳遞的訊號，那和我們的情感究竟有哪裡不一樣？」

「不一樣，完全不一樣。你們的和我們截然不同，空虛多了吧。」

在各種無法釐清的因素累積下，埃緹卡不禁變得情緒化——強烈的話語只是無力地落在腳邊，逐漸融化在街上的喧囂之中。

自己說的大概是不應該說的話吧。她有這種自覺。

哈羅德的雙眼微微瞇起了幾分。「妳真的那麼認為嗎？」

「沒錯……我是這麼認為。」

「妳右腳的腳跟離地了。看來妳很想逃離。」

確實如同他所點破的，埃緹卡的腳跟離地了。連她自己也完全沒發現。埃緹卡不希望更多想法曝光，便瞪著他。不知怎地，腳好像快要開始顫抖了。

父親之所以疼愛澄香，是因為她是擅長讓人敞開心房的阿米客思。所以，阿米客思的一切都「必須是程式使然」。她希望那和人類的不同。

否則，如果澄香和自己是完全對等的存在。

為什麼只有我不受父親疼愛？

「你就愛那樣……」嘴脣不住顫抖。「那樣看輕人類，讓你很開心嗎？」

「妳也很輕視阿米客思。」

「什麼都不說就拖著別人一整天，還敢說那種話。」

「關於這件事，我道歉。不過，我知道妳變得那麼尖銳的理由是什麼。」

「夠了。你怎麼可能知道？」

「不，我知道。要是妳承認阿米客思的情感與人類的是對等的，妳就無法解釋自己為什麼不受父親……」

路面電車（tram）劃開積雪疾駛而過。埃緹卡情急之下想推開哈羅德——卻沒有推到。他牢牢抓住埃緹卡用力伸出的手，阻止了她的動作，簡直就像預先看出她會這麼做似的。

她低下頭。

背脊發燙。

從什麼時候知道的？為什麼？我明明什麼都沒說。別鬧了。

呼吸不順。路燈的亮光照在他的皮鞋前端上，反射出油亮的光暈。

被他看穿了嗎？是的話被看穿了多少？難不成，全都被看穿了？

——開什麼玩笑啊。

「……電索官？」哈羅德的語氣變得截然不同，似乎備感狐疑。「妳怎麼了？」

她原本想故做堅強地回應，但喉嚨依然哽著，不聽使喚。

「妳在發抖。」

他如此低語，然後猶疑地放開埃緹卡的手——她抬起頭。哈羅德沒了笑意，眼睛越瞪越大，像是小孩醒悟了自己做錯事的時候。

「不准看。」埃緹卡擦了擦不由自主沾濕了的臉頰。真不希望自己這麼幼稚。「我回去了。」

「等等。」

他打算抓住埃緹卡的肩膀，但她用力甩開。她很想乾脆臭罵他一頓，但她也很清楚自己沒有資格那麼做。他們雙方都踏進對方不容侵犯的領域，撞在一起了，已經不需要再多說什麼。

「對不起。」哈羅德難得慌張。「那個，我沒想到妳會那麼受傷……」

「別說了。」她想冷靜地說，呼吸卻搖擺不定。「我收回我的失言，是我不對。所以你再也不要拿出來對比了。我不知道你看透到什麼地步，但總之別提。」

「對不起。」他重複了一次，咬著下脣。「我只是……」

後面該接的話像是被燒光了，讓他遍尋不著。

三三兩兩的行人與兩人保持距離，逕自經過。埃緹卡在快要結冰的臉頰上用力擦了好幾次，緩緩呼了一口深沉的氣。頭腦冷靜點。太窩囊了。不過就是不想讓人提及的事情被點破了一下，就要崩潰成這樣嗎？

這次，她真正邁開步伐，逃離站定不動的哈羅德的視線。

可是，她立刻就得停下腳步。

YOUR FORMA告知十時課長發來了通話。或許是考慮到時段，她沒開全像投影，而是語音電話。幸好。即使是全像模組，她也不希望任何人看見她現在的臉。

埃緹卡吸了吸鼻子，努力切換思緒。「喂？」

『好消息。』聽見十時凜然的聲音，總覺得有點安心。『我調查了沙克。』

沙克。對利格西堤的員工進行電索時看到的俄裔男子的模樣浮現在她腦中。

『他的行動紀錄有些地方不太對勁，於是我將資料分享給犯罪紀錄課。結果……』

十時頓了一下。『克里夫·沙克是化名。這個男人，是國際通緝犯。』

「——咦？」

『我現在把詳細資料傳過去。』

埃緹卡還在茫然時，十時傳來的個人資料已經來到她的視野當中——展開。

映入眼中的是沙克的大頭照。她掃過條列出來的個人資料——姓名，馬卡爾・馬可維奇・烏里茨基；莫斯科出身，三十八歲；職業，接案程式設計師……現因涉嫌製造與販賣電子藥物，被列為國際通緝犯。

『既然能夠製造電子毒品，製造電腦病毒也是拿手好戲吧。而且，他和所有感染源都接觸過，又在知覺犯罪發生的一個月前離開了利格西堤。然後就在昨天，他不知為何再次造訪利格西堤，簡直就像知道我們進去查過案。』十時難得連珠炮似的說個不停。『未免太可疑了。妳大概立大功了。』

埃緹卡還無法理解事態。沙克的確讓她很介意，但她原本認為和知覺犯罪沒有關係，頂多就是有點不太對勁。沒想到，竟然——

『把情報也分享給路克拉福特輔助官。』

「好。」淚水逐漸收乾。「我立刻分享。」

『那麼冰枝電索官，明天，我們在聖彼得堡「直接」見面。』

第三章——記憶與機憶，及其桎梏

1

「十時課長認為沙克……不對，烏里茨基就是知覺犯罪的犯人嗎？」

「不是的話，我何必特地從里昂飛來。」

聖彼得堡分局的會議室裡充滿平靜的緊張感——掛在牆上的軟性螢幕前面站著一個人，是十時課長。在座的人以分局長為首，還有情報局員乃至電子藥物搜查課的搜查官們，所有人都難掩凝重的表情。

「烏里茨基的下落已經查明了。」

十時課長在螢幕上的市內地圖加了標記。

「斯拉維街四十五號的公寓，房間是二十號房。根據情報員回報，他從上個月離開利格西堤之後便使用假名入住。最近以這裡為據點，從事電子毒品買賣——」

烏里茨基的真實身分是和俄羅斯黑手黨關係密切的電子毒品製造者。到上個月為止的半年內，他詐稱是俄裔美國人克里夫·沙克，潛入了利格西堤。理由還不清楚，但肯定和電子毒品有關吧。

而不知是幸或不幸，烏里茨基現在人正好在聖彼得堡這裡。

情報局員發言：「國際刑事警察組織情報局從以前就派出民間協助者與烏里茨基接觸。我們為了查出黑手黨的藥物買賣通路，故意讓那個傢伙自由行動。不過——」

「由於病毒感染的災情正在各國逐漸擴大，我們一致決定以解決知覺犯罪為優先。」十時這麼說了。「逮捕令也下來了，所以最優先事項就是抓到烏里茨基。」

「那個傢伙的現在位置呢？」「今天早上就回到他住的公寓了，之後沒有外出。」

「準備攻堅。」「管制周邊區域。」與會人士匆匆忙忙離開會議室。

看來會議到此結束了。在烏里茨基被帶來分局之前，身為電索官的自己可說是沒有表現機會——埃緹卡先站了起來。

「冰枝電索官。」還坐在位子上的哈羅德抬頭看著她。「可以的話，要不要在負責的搜查官查扣證據之前，先去確認烏里茨基的房間呢？」

的確，這個意見相當有道理。無論電索再怎麼方便也有無法因應的狀況，比方說故意消除機憶之類。觀察現場，對當事人有所掌握，可說是相對重要的事項。

「我知道了。保險起見，先徵求十時課長的許可。」埃緹卡這麼說完，拿起掛在椅背上的大衣。「我先去入口大廳等你。」

她就此和哈羅德分開，離開會議室——剛來到走廊上，她立刻雙肩一垮，整個人虛脫。太好了，總算是順利像平常一樣對待他了。從今天早上碰面的時候開始，自己和他都沒有提及昨天晚上的糾紛。為了避免妨礙工作，自己覺得應該表現得像是什麼事情都沒發生過，所幸哈羅德的想法似乎也一樣。

就這樣全部一筆勾銷是最好的做法。

來到入口大廳，一個面熟的德國人坐在沙發上。埃緹卡悄悄地嚇了一跳——是她的前搭檔班諾·克雷曼。沒想到居然連他也來了。基本上也沒人告訴她班諾已經出院了。

班諾也發現了她，臉上明顯表示出他的厭煩。

「都怪某人，我的狀況還沒復原。課長說與其巴著辦公桌，不如來幫忙，就把我帶過來了。」

「這樣啊。」埃緹卡瞬間猶豫了一下該回些什麼。「那個……保重。」

「喂。」班諾咂嘴。「妳還有別的話該說吧？」

她知道。如他所說，這是必須道歉的場面。可是，道歉有辦法解決任何事情嗎？她讓班諾承受了痛苦是無法改變的事實，道了歉也只是自我安慰。

「對了，聽說妳的新搭檔是阿米客思啊。」

他的嘴角看得出挖苦的笑。

「我聽課長說了，妳要操壞就專找阿米客思吧。機械就該和機械在一起。」

——妳該扮演的角色是什麼？是爸爸的機械。

「冰枝電索官。」

聽見呼喊而轉過頭去——是哈羅德。來到入口大廳的他一臉高興地走向埃緹卡身邊。他甩了甩拉達紅星用的落伍鑰匙給她看。

「獲得十時課長的許可了。我們走吧，現在是看攻堅大戲的好機會。」

「啊、啊啊，好……」

埃緹卡點頭的同時，瞥了班諾一眼。他以極度狐疑的眼神盯著哈羅德觀察。另一方面，哈羅德即使看著困惑的埃緹卡，也只是保持微笑歪了一下頭——太好了，他好像沒聽見剛才的對話。

「好，我知道了。我們立刻走吧。」

埃緹卡重振心情，準備邁開步伐。

「噢，對了，克雷曼輔助官？」

這時哈羅德突然這麼呼喚，讓她怔了一下——阿米客思沒有閱覽個人資料的權限，然而他卻認得班諾。為什麼？

「啊？」班諾自己似乎也對此相當震驚。「你是怎樣，在哪聽到我的名字……」

「我在會議室聽十時課長提的，能見到你是我的榮幸。」

哈羅德瀟灑地走向班諾，牽起反射性站起來的班諾的手，緊緊握住。班諾本人則是驚呆了。當然，埃緹卡也是莫名其妙。

那傢伙到底在想什麼啊？

「還沒自我介紹，我是分局的路克拉福特輔助官。雖然不是正式的頭銜。」

「不准碰我，我跟你很熟嗎？」班諾滿心厭惡地甩開手。「你是阿米客思吧。」

「是的，我是冰枝電索官的新搭檔。」哈羅德看了埃緹卡一眼，然後對班諾笑了。「你昨天晚上和未婚妻吵架了吧？因為你明明約好和她一起跨年，卻在除夕被派來聖彼得堡。」

埃緹卡感覺到一陣暈眩。等一下。

「啊？」班諾也明顯表現出困惑。「你沒頭沒腦的說什麼……」

「她非常生氣對吧。不過，你不要那麼意氣用事的話就能跟她和好。戒指還是別丟比較好。」

「喂，你是怎樣，為什麼會知道？難不成看見了嗎？」

「我的視力確實不錯，但是從俄羅斯看不到法國。」

「我想也是。誰告訴你的？」

「沒有任何人告訴我。基本上我和你是第一次見面，名字也是不久前才知道的。」

「嗯。」班諾凝視著哈羅德。「所以說……你有話想對我說嗎？」

哈羅德像是早就在等待他這麼問似的加深了微笑，然後低語——雖然聲音不大，卻讓埃緹卡也確實聽見了。

「我知道你的祕密，所以今後請你不要侮辱我的搭檔。」

喂，別鬧了喔。

「你到底是什麼意思？」

烏里茨基的公寓是六層樓建築物，散發出令人聯想到過去的集合住宅（赫魯雪夫樓）的老舊氣息。停成一整排的警車，接連被吸進建築物的電子藥物搜查課搜查官們。被警衛阿米客思禁止通行的路人面面相覷，顯得相當不安——埃緹卡與哈羅德從停在路邊的拉達紅星裡觀望著這次大張旗鼓的行動。

「什麼意思是指什麼？」駕駛座上的哈羅德不以為意地歪著頭。「搭檔受到辱罵，就該袒護搭檔，我覺得這是理所當然的吧。」

「多管閒事。」埃緹卡咬牙切齒。「班諾討厭我是有理由的，而且不對的是我。然而你卻從旁介入，把問題弄得更複雜了。」

「這個我不知道，真是抱歉。」

「你才不是真心道歉。還有，班諾沒有訂婚，倒是有女朋友。」

「那麼，就是妳不知道他已經訂婚了吧。左手無名指上有戒指的痕跡。」

「啊啊，是喔。」那一瞬間他能觀察得多仔細啊。太可怕了。「那麼，班諾的祕密是什麼？」

「任何人都有一兩件不想被人知道的事情。」

「簡單說，你是靠虛張聲勢在威脅他嘍？」

埃緹卡感到頭痛。哈羅德之所以做出這種奇怪的舉動，怎麼想都是因為昨天晚上的爭執。哈羅德或許是打算以自己的方式跟她和好，但老實說，全部當作沒發生過還讓她比較輕鬆。

「聽好了，我的人際關係我自己會想辦法解決，今後你不要插嘴。」

「我明白了。可是，妳有那麼一點點高興吧？」

「那是笑話嗎？」

哈羅德做作地不停眨眼。真是的，一點反省的意思都沒有。埃緹卡為了甩開鬱悶的心情，打開車窗，叼起電子菸。

——今後請你不要侮辱我的搭檔。

她不禁用力咬住電子菸。

即使是徒具形式的親切，這也幾乎是第一次有人袒護她——那又怎樣。他是阿米客思，反正會那麼說也是他最拿手的程式吧。

最重要的是，她讓像班諾那樣的輔助官們受苦是事實。

不久後，被逮捕的烏里茨基被帶了出來，塞進警車裡。埃緹卡與哈羅德下了車，依照計畫前往公寓。

上了二樓，烏里茨基的房間前面站著分局的警衛阿米客思。

「請勿進入。一旦負責的搜查官抵達，就要派分析蟻進去了。」

「我們獲得許可了。」

埃緹卡秀出ＩＤ卡，阿米客思似乎接受了，乖乖收起下巴。

烏里茨基的房間格局是以出租公寓而言很常見的兩房一廳。兩人先前往廚房，裡面一塌糊塗。桌上散亂著已經開封的即食調理包容器，滿是汙漬的地板埋在空啤酒罐底下。水槽到處發霉，塞滿了沒有洗的盤子和腐爛的蔬菜渣。糟透了。中央空調的暖氣讓室內相當溫暖，害得腐敗也進展得特別快，光是沒長蟲就已經算好的了。

「每次看見這種房間，我就覺得為什麼可以弄得這麼髒亂。」

「大概是某種才能，或是精神狀態不穩定吧？」

「烏里茨基自己也用毒品嗎？」

「不知道，得多看一點才行。」

當埃緹卡還在門口卻步的時候，哈羅德已經開始逐一調查室內的每個角落。打開冰箱與櫥櫃，閱讀空罐的標籤，聞水槽的氣味，觸摸桌板的底面，拿起窗邊的觀葉植物盆栽仔細端詳後又放回原位。這種時候，沒有指紋的阿米客思的手實在很方便。

「這只是猜測，他大概沒有用毒品。只是，他的心理壓力好像很大。」哈羅德拍了拍雙手上的灰塵。「這些空啤酒罐上的製造日期完全一樣。換句話說，他是一次大量採購了這麼多，然後根據殘留的香味判斷，是在一天之內全部喝光的。」

「烏里茨基的個人資料裡面沒有酒精成癮傾向的註記。」

「或許是近來令他操心的事情變多了吧。」他緩緩轉過頭。「還有，存放在冰箱裡的生鮮食品還很新。看這個房間也知道，他不是會煮飯的那種人。烏里茨基好像還是單身，有伴侶嗎？」

「情報局也沒有掌握到情人的存在，頂多就是偶爾花錢找女人……」

「我不覺得妓女會特地為他煮飯。」哈羅德先是沉思了一下，但似乎決定不要急著做出結論。「去調查臥室吧。」

臥室的髒亂也不輸廚房，床上放著又皺又亂的毛毯，從書桌到地板都散亂著衣物與垃圾。滿是刮痕的衣櫥，蓋著窗戶的布窗簾。最值得一提的——是掛在天花板下的大量卡片。卡片上全都印滿了密密麻麻的二維碼，這幅景象實在很有黑魔術的感覺。

「用電子毒品當成裝潢還真是新潮。」哈羅德觸碰吊掛著的卡片。「電索官，再怎麼不小心也不可以直視，會不小心讀取到。」

「放心吧。以我的身高，既碰不到也看不清楚。」

電子毒品是非擴散型電腦病毒的一種，透過這樣的二維碼進行交易。讀取二維碼，刻意讓YOUR FORMA感染病毒，享受因此產生的興奮與解放感。病毒在一定時間後會自我毀滅，所以成癮者會一次又一次付錢給毒販，購買二維碼。在大部分的國家，製造行為本身就是違法行為。

「假設烏里茨基是犯人好了，問題在於他是何時、怎麼將病毒植入感染源的。從李等人的機憶來看，可以得知感染途徑不是他最拿手的電子毒品。」

「參觀行程當中，他也沒有可疑的舉動。考慮到病毒的潛伏期間，也不會是參觀行程的時候植入的。如此一來，應該是在案發前不久，透過某種包括感染源本身在內的任何人都不會發現的形式傳送病毒，這樣想比較自然。」

「即使有那種方法，我想得到的頂多只有違規存取感染源的YOUR FORMA。可是，每個人都沒有遭到入侵的痕跡。簡直是魔術。」

「任何魔術都有機關。所幸我們能夠窺探他的腦袋。」

「萬一烏里茨基變造、消除了機憶怎麼辦？」

「這個潘朵拉的盒子或許幫得上忙。」

哈羅德不知何時打開了書桌，取出一臺膝上型電腦。

「他大概是用這個在製造病毒吧。既然如此，裡面可能也記錄了將病毒傳送給感染源的方法。」

「會那麼順利嗎？不過即使全都行不通，還是有其他得到他的自白的手段……」

突然間，響起一個踢破東西的聲音。

怎麼了？埃緹卡驚訝地轉過頭去——看見的是衣櫥敞開，一個人影正好從裡面滾出來。是個穿著單薄洋裝的年輕女人，蒼白的臉上露出陰氣逼人的表情，消瘦的手上緊緊握著露營刀。

「滾出去！可惡……！」

連確認個人資料的時間都沒有。

女人踏步逼近。埃緹卡立刻朝腳上的配槍伸出手——不行，來不及！

「冰枝電索官！」

突然有人從旁邊撞飛了她。埃緹卡整個人大幅晃動，倒在地板上。揚起的灰塵弄得眼前一片霧濛濛，讓她不禁猛咳嗽——她抬起頭，頓時屏息。

哈羅德正面擋住了那個女人。他抓住女人的肩膀，試圖謹慎地將她從身上拉開。然而，她像是精神錯亂似的激烈掙扎，推開哈羅德的力道反而讓她站不穩，自己一頭撞在牆上。「咚」一個令人不舒服的聲音響起，女人就這麼虛脫倒下。

瞬間的寂靜傳遍室內。

太危險了。怎麼會這樣？沒想到居然有人躲在裡面。難道是搜查官們看漏了嗎——思緒毫無秩序地運轉起來。不對，這種事晚點再想就好。

「妳沒事吧，電索官？」

哈羅德若無其事地站著，然而在他的腹部，「那把露營刀深深陷了進去」。大概是剛才擋住那個女人的時候插進去的吧。阿米客思無法攻擊人類，即使對方拿著武器攻過來也一樣——或許是發現埃緹卡盯著他的腹部，他「噢」了一聲，在埃緹卡眼前摸了摸刀柄。

「還是別拔出來好了。循環液噴出來會弄髒房間，之後會被承辦搜查官罵的。」

「不是。」問題不在那裡。「為什麼……你何必掩護我？」

「因為我們要修理幾次都可以。」

「別胡鬧了。」

「放心。刀子刺得不深，漏液速度也很慢。何況我已經關閉痛覺，所以不痛不癢。

先別管我了，她的個人資料呢？」

太誇張了，這個傢伙還正常嗎？明明主張阿米客思有情感，被捅了卻一臉沒事的樣子，太矛盾了吧——埃緹卡在感到茫然的同時，還是依照哈羅德的催促看了女人的臉。顯示出來的都是些可有可無的資料。

「沒有固定職業。說不定是烏里茨基買來的妓女。」

「是啊，而且還和僱主起了糾紛。」哈羅德看進衣櫥裡面。「她的鞋子和衣服藏在裡面，大概是烏里茨基將她藏匿在這裡的吧。」

「總之——」埃緹卡依然在動搖。「我幫她叫救護車，你聯絡修理工廠，然後叫計程車過去把你的損傷修好。現在立刻去。」

「不需要擔心，偵訊之後再去就可以了。」

「別說傻話。」他的神經有沒有問題啊？都插著一把刀子了。「那種狀態沒辦法進行電索吧。去修理。」

「我沒事，不成問題。不過——」他將大衣前襟合起，遮掩插在身上的刀子。「要是有其他像妳一樣過度保護的人就不好了，所以在烏里茨基的偵訊結束之前，這件事要保密，好嗎？」

「好嗎？你個頭。而且我才沒有過度保護。」

「拜託妳。」哈羅德的手輕輕觸碰了埃緹卡的手臂。「正如妳能夠管理自己的人際關係，我對自己的身體也有最全盤的掌控，完全不成問題。」

「拿那個出來當對比太奇怪了吧？你也太工作狂了。」

「妳要叫救護車吧？我去跟外面的阿米客思報告。」

完全不肯聽。他快步離開臥室，讓埃緹卡呆站了一會兒。阿米客思的身體有多堅固，埃緹卡不是很清楚，但他都說成那樣了，大概真的沒事吧。雖然沒有確切的證據，她也只能這麼認為。而且，不小心擔心阿米客思也讓她的自尊心不能容忍——不對，自己根本沒有擔心他，只是有點嚇到而已。

他掩護了討厭阿米客思的自己。

即使是敬愛規範（程式）讓他那麼做的，埃緹卡還是壓抑不了湧上心頭的苦澀。

無論如何，都得叫救護車才行。在他之前應該以人類為優先，對吧。

2

「我不清楚。我只是被拖下水的。」

隔著偵訊室的冷硬辦公桌，烏里茨基與班諾面對面。烏里茨基將被銬住的手擱在桌上，從剛才開始就瞪著班諾。

「那種話先好好回顧自己犯過的罪再說吧。」班諾不斷列舉。「製造及買賣電子毒品，詐稱身分，偷竊企業機密，與黑手黨有金錢往來……無論是多麼天真無邪的小孩，也不會相信你說的話。」

「我是被拖下水的，是被威脅的。」烏里茨基如此重複。「我的電腦在書桌裡面。你們愛怎麼調查請便，調查過就可以釐清一切了。我什麼都……」

「早就交給技術支援小組了。」班諾冷淡地說。「聽說安全防護很頑固，要打開沒那麼容易。你有意願告訴我怎麼解除嗎？」

「不清楚，我也不知道。」

「你現在就在這裡自白的話，我可以考慮減輕綁架妓女的罪。」

「啥……？」烏里茨基的臉色倏然轉變。「可惡，我明明叫她躲好的……」

「據說她陷入錯亂，攻擊了我們的搜查官。現在她在醫院接受處置，體內也驗出了電子毒品。你抓走她有什麼用意啊？」

「這不是綁架。曼雅是自己逃到我這裡來……」

「很好。你昨天前往已經離職的利格西堤，理由是什麼？」

「我不知道你們在懷疑什麼，但我只是因為之前負責的工作被叫過去而已。」

埃緹卡隔著雙面鏡看著兩人的狀況，同時按摩著頸項。烏里茨基否認涉入知覺犯罪，不過看起來也很像是用粗暴的態度蒙混。他是不是犯人，老實說她判斷不出來。

「要怎麼辦，十時課長？要照他所說，先調查電腦嗎？」

「好像會很花時間。」一旁的十時從鼻子洩出嘆息。「根據回報，技術小組試著接上了儲存裝置（SSD），但是檔案全都經過加密，打不開。無法強制解除，即使想解密，輸入密碼之前都必須先解開複雜的密碼表才行。」

那是怎樣。「是烏里茨基自己設計的安全防護嗎？」

「沒錯，可以對付解碼AI。所以他說不知道根本不可能，大概是覺得捉弄我們很好玩吧。」

「就此斷定太危險了。」待在背後的哈羅德插了嘴。「在我看來，他實在不像是在說謊。」

哈羅德的狀況，目前和平常一樣。他一直穿著大衣，還為求萬全而雙手抱胸，沒有人發現他身上插著一把刀。不過，埃緹卡還是很掛念。這並不是擔心，只是對於他那個狀態會不會對電索造成妨礙而感到不安。

他是阿米客思，只要交換零件就能立刻復原。

沒有理由擔心他——她在心中如此默唸。

「我倒是覺得他怎麼看都像在說謊。」十時這麼說的同時，忽然注視著半空。這是YOUR FORMA接收到訊息時的動作。「時機正好，電索的授權令下來了。冰枝，去連接烏里茨基。」

埃緹卡點頭。十時與哈羅德哪邊說的對，只要進行電索，瞬間就可以查清楚。當然就像不久前說過的，前提是烏里茨基沒有消除機憶。

「走吧，路克拉福特輔助官。」

埃緹卡與哈羅德走進偵訊室，班諾似乎也想通是什麼狀況，便立刻離開座位，與兩人擦身而過，走出房間。

烏里茨基看見他們，嚇得瞪大眼睛。「妳該不會是……」

「授權令下來了。」埃緹卡說了。「我們要調查你的YOUR FORMA。站起來。」

烏里茨基咬牙切齒，然後不情願地照辦。哈羅德立刻抓住他的手臂，帶他到放在偵訊室角落的簡易床架。他讓烏里茨基趴上去並壓制住他後，埃緹卡沒有多問什麼便注射了準備好的鎮定劑。

確認烏里茨基放鬆之後，他們接好纜線，建立三角連線。

「輔助官，有沒有什麼問題？」

「沒有……怎麼了嗎？」

「咦？」這時，埃緹卡才發現自己不小心把臉湊上去看著他。「沒事。」

「平常也可以靠到這麼近，沒關係喔。」

「……不要動不動就胡鬧。」

哈羅德怎麼看都像沒事的樣子。不知道能相信到什麼地步，但是想確認也不能提到刀子。十時和班諾正隔著雙面鏡看著這邊。

只能行動了嗎？

而且即使有什麼萬一，哈羅德的腦袋被燒斷了，她也無所謂。反正也不是第一次了——為什麼得這樣說服自己啊？太愚蠢了。深深吸了一口氣，像是融了鉛在裡面的沉重空氣侵襲胸腔。

只想著電索就好。

「開始吧。」

在這麼說的瞬間，她落入熟悉的電子世界之中，逐漸沉入表層機憶——清晨時分的機憶。走上昏暗的公寓階梯；迎接回到家的烏里茨基的，是那個妓女；對她感覺到熊熊燃燒的執著。兩人之間不是交易關係，而是彼此相愛嗎——不對，不是這裡，要查知覺犯罪。要查的是他如何將病毒傳送給感染源。先從昨天造訪利格西提的機憶開始。

『不要！我絕對不給！』

這句話清晰地插了進來。不是烏里茨基，是埃緹卡自己年幼時期的聲音——逆流。又來了。弄錯該碰的地方了。

得回去才行。

回不去。

回過神來，已經在「那一天」了。

『埃緹卡。』父親冰冷的眼神從高處望著埃緹卡。『計畫中止了。其他人全都變得不舒服。』

『我聽不懂，不舒服是什麼意思？我又沒有怎樣！』

『快道別，埃緹卡。』

父親的大手抓住她的肩膀，即使試圖甩開也逃不掉。手指觸碰到後頸。好可怕。不要。住手，住手！

『「不要殺掉她」。』埃緹卡如此呻吟，淚水奪眶而出，沾濕臉頰。『拜託不要殺掉她！』

冷靜，只是過去的殘渣。該看的東西不是這裡——父親的身影遠去。沒錯，這樣就對了。回去烏里茨基那邊。可是，無論怎麼掙扎都會被吸過去，都會逆行。

『埃緹卡，妳在做什麼？』

姊姊一臉擔心地看著這邊。埃緹卡的雙手現在正在翻找父親的辦公桌，然後，終於找到了想找的東西。父親擁有一大堆的美麗的半透明儲存媒體（HSB）。大小只和小指尖端差不多的那個東西接觸到從窗戶照進來的月光，有如冰的結晶閃爍著光芒。

不過是偷走一個，一定不會被發現。

『我要和姊姊永遠在一起。』

聽見這句話的姊姊——姊姊，到底說了什麼來著？

『埃緹卡，妳聽好了。我是——』

噗一聲突然中斷。

綻開的光線回到眼中。身體想起了重力，被拉回偵訊室——埃緹卡立刻摸了摸後頸。〈安全繩〉脫落了。思考好遲鈍。父親和姊姊的聲音還在腦袋裡面迴響。

脫落的是〈安全繩〉？不是〈探索線〉？

她這才發現「自己不是被抽離的」。

她頓時清醒。

映入變得鮮明的視野當中的——

是緩緩倒下的哈羅德的身影。

——騙人。

他的身體狠狠摔在堅硬的地板上，簡直像飛出去的人偶。他就這麼失去力氣，完全不動，像物體一樣。沒錯，阿米客思是「物體」。她很清楚。

但是——

背脊像在燃燒似的逐漸變冷。

埃緹卡立刻走向哈羅德。眼瞼微微開著，沒有呼吸。不對，阿米客思的呼吸原本就是模擬動作。大衣前襟敞開，插在腹部的刀子露了出來。毛衣濕成一大片黑色。是循環液的顏色。以人類而言就是血液——什麼叫作刺得不深？簡直是瞞天大謊。為什麼要那麼逞強？為什麼要相信他說的話？

好像有人打開了偵訊室的門。不知道是十時還是班諾，又或者兩個人都來了。怒吼聲響起。聽不清楚，聲音好模糊。

哈羅德的臉頰像陶器一樣白。

「路克拉福特輔助官。」

自己的聲音莫名遙遠。

「振作點……」

埃緹卡跪在地上搖晃著他。沒有反應。嘴裡越來越乾。是自己，還是刀子？原因是哪一邊？如果是刀子還沒關係，身體應該再怎麼樣都有辦法修理。可是如果是纖細的頭腦部分燒斷了——又不是什麼大不了的事，對吧。像之前一樣，這樣想就對了。

沒什麼大不了。

「起來，路克拉福特輔助官。」

明明就沒什麼大不了。

「欸，輔助官…………哈羅德！」

快說沒什麼大不了啊！

「——冰枝！」

回過神來，十時以瞪視的眼神從高處看著她。班諾也在，他一臉啞然地望著哈羅德——埃緹卡好不容易吸了一口氣；不對，好像是吐氣，搞不清楚。

「為什麼沒有立刻報告！要是他有什麼萬一就無法挽回了！」

「抱歉。」嘴唇幾乎是反射性地道歉。「對不起，是我……」

「開玩笑的吧。」班諾喃喃自語。「這傢伙就這樣插著刀一直活動嗎？」

「帶他去修理工廠，這是最優先事項！班諾，幫忙搬他，你抬腳，動作快！」

十時抱起哈羅德的上半身，但班諾的動作很遲鈍。他大概無法理解十時為什麼要為了區區阿米客思如此拚命。但是，埃緹卡知道。哈羅德很特別，無可取代，無論是機體的性能還是他本身作為搜查官的能力。

即使是這樣，也是她最討厭的阿米客思。她沒有任何理由為之動搖。

然而當埃緹卡發現的時候，自己已經坐立難安地開始幫忙搬起哈羅德了。手不停顫抖。像個傻瓜。平常用力壓抑的情感逐漸膨脹，滲了出來——都是自己害的，沒發現哈羅德在逞強。明明應該採取強行手段說服他，叫他去修理才對。

不想看。

她再也不想看見搭檔倒下的模樣了。

為什麼事到如今才這麼覺得？不對，她總是壓抑住這種想法，只是假裝沒有任何感覺，一直停止思考而已。

——今後請你不要侮辱我的搭檔。

不能不承認。一直將情感壓進心底的那個不負責任的自己，一定有那麼一點高興。身為一個折磨了許多輔助官的人，真是太差勁了，太自私自利了。

可是，即使是程式使然的溫柔，那也是第一次有人對她那麼說。

不曾因孤獨而困擾？一個人比較輕鬆？

妳這個騙子，分明渴望過頭了吧。

3

離開修理工廠已經是深夜的事情了。

拉達紅星有如滑行般行駛在聖彼得堡市內——因為是除夕，街上熱鬧得很。興高采烈地出遊的人們灑下無數影子。經過聖三一橋前面的時候，只見人們拿著香檳蜂擁而至，迫不及待新年的到來。

「等新年一到，大家就會一起朝著結冰的涅瓦河噴軟木塞。」

埃緹卡看向副駕駛座——哈羅德將手臂擱在窗框上，開心地注視著外面。現在的他和剛出貨的阿米客思一樣，身上只有一件薄薄的高領衫。他原本穿的毛衣和大衣都被循環液弄髒，不得不作廢。

先說結論，哈羅德的頭腦沒事。

負責修理的人——面對他和量產型天差地遠的規格，難掩困惑——表示哈羅德之所以失去意識，是因為電索導致負載暫時升高。當時他的系統為了盡可能減少循環液因損傷而外洩，限制了使用迴路。造成的影響使得他的效能低下，最後因過載而陷入功能限制狀態才會倒下。

哈羅德悠哉地說：「我們也買瓶香檳，參加跨年倒數如何？」

「就算是開玩笑也不准。」

「電索官，這裡是俄羅斯。十九歲的妳，喝酒也不會被問罪。」

「我不是那個意思。」埃緹卡瞪了他一眼。「你暫時要完全靜養，聽到了沒？」

「我已經不要緊了，一點事情都沒有。」

「不可以，在『二次手術』結束之前，你都要乖乖待著。」

其實哈羅德的修理尚未完全結束。他的機體原本使用的電線似乎和量產型的阿米客思不同，要完整修理，必須從諾華耶機器人科技公司總公司所在的倫敦調貨才行，今天做的不過是暫時性的修補。所幸時間似乎不會花太久就是了。

「如果不想被課長殺就乖乖聽話。還在修理你的時候，她都打過兩通電話來了。」

「兩通都是報告搜查進展吧？」

「當然也有，現在好像是分局的電索官代替我們潛進烏里茨基的腦海。只是，那個人擔心你也是真的。」

「大概是愛貓人的情誼吧。」哈羅德隨口搞笑，但笑容立刻變淺。「抱歉，給妳添了很多麻煩……我原本不希望我的不小心成了延宕搜查的原因，卻造成反效果。」

埃緹卡沒有說話，把凍僵的手放到方向盤上——哈羅德之所以變成這樣，是她的責任。明明只要稍微思考就會知道應該立刻向十時報告，自己卻信了他若無其事的行動。更進一步說，他明明保護了自己，自己卻因為堅持不想擔心阿米客思這種無聊的驕傲，才導致這種事態。要是哈羅德這次發生什麼致命性的故障，就真的無法挽回了。

其實早在從餐廳回家的路上被他看透的時候，自己就已經明白了。

自己一直以來都堅稱討厭阿米客思，好不容易保住了渺小的自尊心。像這樣將最合理的理由當成麻醉，注射在父親造成的傷害上，掩飾傷痛。

她隱約有所覺察。

澄香一點錯也沒有。

「很冷吧。」哈羅德的手打開了暖氣的開關。「不需要顧慮我。」

「噢……我忘記開了。」

「妳真不會說謊呢，電索官。」

「我才沒有說謊。」她是說謊了。「真的只是忘記了。」

不久後進入莫斯科夫斯基地區，拉達紅星停在一棟漆成淡色系的公寓——在日本相當於大樓——的前面。

這裡是哈羅德的「家」。

之前，埃緹卡完全以為他是歸分局所有的阿米客思。聽說哈羅德有家人是在離開修理工廠前不久，不過幾十分鐘前的事。由於一直避談個人隱私的話題，她完全不知道這件事。她相當驚訝，也有點受到打擊。

不知不覺間，自己一心以為他也和自己一樣，是隻身一人。

下了車的哈羅德走起路來十分不順暢。電線用了代替品造成的影響，導致傳導率下降，尤其是對右腳的動作影響特別大。埃緹卡撐著客套拒絕的他，走了起來。抬頭看著公寓，無數窗戶洩出看似幸福的光芒。

那溫暖的顏色不知為何令她滿心焦慮。

就連這瞬間的感傷，也被外牆全像廣告的反應抹滅。讀取了二維碼，自行展開的瀏覽器——真是的，就連這種時候也這樣。

穿過入口大廳進了電梯，即使不願意，沉默依然渲染開來。哈羅德的手臂掛在肩上，感覺格外沉重。

「電索官。」他的聲音落下。「不需要因為我而抱持罪惡感。」

「我沒有那種東西。」虛張聲勢的話語脫口而出，明明實際上就如他所說。「是十時課長交代我照顧你，我才像這樣幫你。」

「至少在我受傷的時候，妳可以老實一點吧？」

「…………」埃緹卡咬著嘴脣，不知道該說什麼才好。「……我是有那麼一點擔心你。」

感覺哈羅德好像微笑了，但自己怎麼也沒辦法看他的臉。

他的家在五樓的六十八號房。埃緹卡按了門鈴，懷著冷靜不下來的心情等待。她在靴子裡面屈伸腳趾時，忽然間，剛才關閉了瀏覽器這件事掠過她的腦海。

她突然覺得點和線連了起來。

這時玄關的雙重門開啟，截斷了她的思緒——露臉的是一位纖瘦的可愛女性。五官惹眼，一對大眼有著淡薄的瞳色。波浪般的髮絲，圍在脖子上的頸圈——是為了兼顧遮掩後頸的連接埠與享受打扮樂趣的流行時尚。

〈達莉雅·羅曼諾芙娜·車諾瓦，三十五歲。職業，網頁設計師。〉

「啊啊，哈羅德，分局打電話告訴我了。歡迎回來……！」

達莉雅立刻展開手臂擁抱哈羅德。埃緹卡連忙退開。

「修理結束了吧？已經沒事了吧？」

「好像還是『暫時出院』，不過不要緊了。」哈羅德也像理所當然似的對她回以擁抱。「達莉雅，抱歉讓妳擔心了。」

是怎樣？埃緹卡難掩困惑。再怎麼樣，這個距離也太近了吧。這樣與其說是持有者和阿米客思，簡直更像是——

「真是老愛逞強……就不能稍微站在我的立場想想嗎？」

「我一定會回來的。之前有哪次不是這樣嗎？」

面對放開手的達莉雅，哈羅德露出前所未見的溫柔笑容——埃緹卡開始覺得怎麼也待不下去了。

「呃，那麼路克拉福特輔助官，我就此告退……」

「啊啊，等一下。」達莉雅出言挽留。「進來坐一下嘛，我得向妳道謝。」

「沒關係，別客氣，我該走了。」

「別這麼說，真的不用客氣。」

她不擅長，更不想要過於熱切的交際。何況她還只是讓事情惡化了，根本沒有任何值得感謝的地方，所以她才想堅持拒絕。

「電索官，可以接受她的請求嗎？稍微待一下就好了。」

但是就連哈羅德也說出這種話。可以的話，她是很想推辭，不過繼續拒絕也讓她於心不忍。最後，埃緹卡也只能點頭了。

一被帶進玄關，就聞到裡面蕩漾著柔和的室內香氛。籠罩在北國室內特有的加熱到暖洋洋的空氣當中，被凍僵的身體逐漸放鬆。

「在這裡把鞋子脫下來吧。」達莉雅指著腳邊這麼說。「哈羅德，你還是快點去休息吧。她由我來招呼。」

「達莉雅，我和人類不同，不休息也不要緊。」

「偶爾聽一下我的話嘛。」達莉雅推著哈羅德的背。「好了，往這邊走。」

兩人就這麼消失到裡面，所以埃緹卡一個人脫了鞋，把大衣掛在衣帽架上。眼睛對上掛在牆上的鏡子，不由得用手指順了順頭髮——這是在做什麼，別傻了。是因為事情突然變成這樣才會這麼緊張。

她深呼吸，不虞匱乏的溫柔香氣便滲了進來。

無法冷靜。

她所知道的「家」還要更形同陌路，更冷硬。

不久後，達莉雅回到玄關，帶她到廚房。並不算寬敞，但整理得頗為潔淨，就連冰箱上的磁鐵看起來都像寶物。牆上貼著落葉樹的壁貼，翠綠的樹葉翩然散落。

達莉雅讓埃緹卡坐在餐桌旁，端了紅茶以及糖煮草莓過來。

「明明是除夕卻只有這點東西，真是抱歉。最近我不太煮飯了……」她在對面坐了下來。「哈羅德給妳添麻煩了，真對不起。」

「不會，那個，我才該道歉。」說起來，他之所以會受傷，追根究柢也是她害的。

「真的很不好意思，我馬上告辭。」

「是我留妳下來的，呃——」

「敝姓冰枝。」對喔，面對民眾的時候必須自我介紹。「我太晚說了。」

「當警察的人經常這樣，別放在心上。」

真不習慣在工作以外的情況和陌生人交談。埃緹卡以生硬的動作拉近茶杯，這時不知為何，達莉雅露出微笑，冒出可愛的酒窩。

「冰枝小姐的事情，我聽哈羅德說了。他說妳這個人有趣又可愛。」

「哈哈。」埃緹卡冒出乾笑。達莉雅或許沒發現，他的評價怎麼想都是挖苦。

「聽說他叫妳不要提刀子的事情？有時候那個孩子會做出令人難以置信的傻事。他太熱衷於工作了……」

達莉雅的表情生動無比，充滿了活力。面對第一次見面的人也能友善地聊天，埃緹卡認為那是一種才能，至少若非理所當然地知道愛與被愛的人，就無法如此善待他人。她有點羨慕。

「託妳的福，這次才沒怎樣，但我總是提心吊膽，擔心他哪天會丟掉小命。」

「好的。為了太太妳著想，今後我也會留意不讓這種事情發生……」

聽埃緹卡這麼說，達莉雅愣得杏眼圓睜。才剛這麼以為，轉眼間她又笑逐顏開，放聲笑了出來。

「才不是呢，他比較像是我的寶貝弟弟，而且我已經結婚了。」

糟糕——埃緹卡後悔自己的失言。都怪哈羅德昨天晚上提到人類與阿米客思的情侶，他和達莉雅看起來又那麼親密，害她完全以為他們是那種關係。

「不好意思。」太丟臉了。「那個，我說話太失禮了。」

「不會。」幸好達莉雅似乎一點也不在意。「哈羅德是我丈夫帶回來的，大概是三年前吧。有一天，他突然就撿了那個孩子回來。」

埃緹卡快要碰到茶杯的手停了下來。「……撿回來？」

「是啊。外子是市警局的刑警，聽說是在查案的過程中遇見的。他還說我們家沒有阿米客思，所以正好。」

不會吧。「所以說，他原本是流浪阿米客思嗎？」

「沒錯，看不出來吧？外型建得那麼漂亮。聽說他叫『RF型』，好像是致贈給英國王室的阿米客思，很特別的。」

「英、英國王室？」接連受到像是被一拳打在頭部的衝擊。「開玩笑的吧？」

「我原本也這麼覺得。」達莉雅格格笑。騙人的吧，真的嗎？「我一開始也不敢相信，但是調查過當時的新聞報導後發現是事實。好像是紀念之前的女王陛下在位六十周年的禮物。據說哈羅德是『三胞胎』，看來還有另外兩個和他一樣的機型。」

她發現是史帝夫。也就是說，他和哈羅德共事過的地方就是英國王室。

真不敢相信——埃緹卡過於驚訝，只能一臉傻愣地注視著達莉雅的臉。的確，無論是哈羅德還是史帝夫，一眼就能看出是不惜重金打造的阿米客思……不過，沒想到竟然是贈與王家的東西。

十時知道這件事嗎？

「RF型似乎比一般阿米客思聰明多了。那個叫什麼來著，次世代型泛用人工智慧？說是投入了大量資金打造的實驗性機型……妳不覺得哈羅德比一般阿米客思還要接近真人一點嗎？該說是有個人特質吧。」

「呃，是啊，何止一點……」

「那些聽說也全都是最新科技的功勞呢。很厲害對吧。」

也就是說，哈羅德與史帝夫雖然是相同機型，個性卻在光譜的兩端，也是次世代型泛用人工智慧的恩惠嘍——達莉雅好像很能認同，不過埃緹卡總覺得不太能接受。

她對阿米客思不是很熟悉。假設真的用了「最新技術」，就算這樣，在目前公開的人工智慧技術的範圍內，有辦法打造出像他那麼接近人類的阿米客思嗎？

「幾年前，女王陛下過世了吧？這我是聽哈羅德說的，RF型在當時遵照陛下的遺言被捐給了慈善團體。但是妳懂的，他們是非常昂貴的機型……」達莉雅難以啟齒，將自己的茶杯往嘴邊送。「就是，被偷走了，被幾個不太好的人偷走。之後就是被帶去地下拍賣會之類……後來又經過各種風波，哈羅德就孤零零地在聖彼得堡徘徊。」

埃緹卡不知道應該露出怎樣的表情。她回想起在利格西提聽泰勒提過史帝夫的遭遇——史帝夫不斷被人類轉賣，過得很痛苦。看來哈羅德也經歷過一段痛苦的時期。

只是——

「這件事，我可以知道嗎？妳現在說的這些……」

「的確是不能大聲張揚的事，尤其是王室的部分。因為哈羅德可能又會被壞人盯上……不過，妳是他的搭檔。」達莉雅嫣然一笑。「那孩子也真是的，真不知道他為什麼沒告訴妳。」

「這個嘛……我想是因為搜查工作太緊湊了，我們沒什麼機會聊到彼此的事情。」

埃緹卡知道，是因為自己拒絕他過度打探個人隱私。所以他即使表現得過分親暱，原則上還是保持著該有的分際嗎——她喝了一口紅茶，嚐到最順口的滋味，總覺得胸口痛了一下。

「對了，妳先生也調職到我們分局了嗎？還是現在還在市警局？」

她忍不住試圖轉移話題，一邊放下茶杯一邊這麼說——但是，她後悔這麼問了。因為達莉雅的笑容明顯變得僵硬。

「外子……過世了，在一年半前。」

不過桃色的嘴唇勉強維持著弧線。

「他被捲進朋友派連續殺人案當中，遭到殺害。」

要回去的時候，埃緹卡前往哈羅德的臥室。其實事到如今也不需要多說了，像這樣給了阿米客思自己的房間，達莉雅也可說是相當友好的朋友派吧。

她敲了敲半掩的房門。「路克拉福特輔助官，是我。」

「電索官？請進。」

埃緹卡推開房門——裡面是以海軍藍與暗褐色為基調的雅緻房間。整面牆做成壁龕書架，上面放著翻閱過無數次的紙本書籍以及觀葉植物，還有拉達紅星的模型。窗邊的書桌整理得井然有序，排著幾個實體相框。相片裡是達莉雅，還有一名俄裔男子。他身上穿著和哈羅德一樣的毛衣——對了，拉達紅星和那身衣服，所有東西都是達莉雅的亡夫的持有物啊。

這裡原本也是他的私人房間。

再怎麼不情願，心中也湧現了一股苦楚。

「達莉雅怎麼了？」

哈羅德換上自己的襯衫，坐在床上。至少也躺著吧。不對，阿米客思無論任何姿勢——即使是立正不動——都可以進入睡眠模式吧。

「在用全像電話和一群朋友通訊，好像是被拉去參加倒數派對了。也為了不讓她擔心，你就乖乖躺在床上如何？」

「無論幾次我還是要說，我不要緊。趁現在告訴妳，我明天也會去上班喔。」

埃緹卡真心感到傻眼。「如果是我，我會樂於休息到零件抵達。」

「而且會一直在床上滾到中午對吧？像隻怕冷的貓一樣。」

「吵死了。聽好，這也是課長的命令。你就老實一點……」

「妳應該是有話想對我說吧？」

埃緹卡不禁用力縮起下巴。他說的確實沒錯，自己原本是想來談公事的。然而被他點出這件事的時候，首先掠過她腦海的卻是剛才聽達莉雅說的那件事。

哈羅德的過去。

她遭到殺害的丈夫。

總覺得不慎得知的尷尬感沿著背脊滑落。

「電索官。」他瞇起眼睛。「妳聽過達莉雅提我的事情了對吧？」

「沒有。」她反射性地否認。「我什麼都沒有……」

「不需要掩飾。不如說，我反而覺得幸好她告訴妳了。畢竟只有我知道妳的私事，不太公平。」

埃緹卡忍著不嘆氣——到底該怎麼做才能將事情瞞過這個阿米客思呢？

達莉雅表示哈羅德很仰慕她死去的丈夫。她的丈夫索頌是一位擁有敏銳觀察眼的優秀刑警，培育哈羅德「眼睛」的也是他。

一年半前，索頌負責調查發生在聖彼得堡市內的朋友派連續殺人案。

她有模糊的記憶。一開始的契機不明，不過那個時期在各國發生了多起朋友派遇害的案件，其中又以聖彼得堡的朋友派連續殺人案特別獵奇，其殘虐性更隨著「聖彼得堡的惡夢」這個別稱成了全球新聞。埃緹卡也是看過新聞報導的人之一——四名受害人當中，三名是平民百姓，剩下一名是負責查案的刑警。

索頌遭犯人綁架，行蹤成謎。

當時哈羅德的身分是索頌的搭檔，在市警局的強盜殺人課任職。他憑藉現場遺留的少許線索，獨自進行搜查，比同事們更快查出索頌的所在處。但是當時，眾人以哈羅德是阿米客思為由，不承認他的實力，沒有任何人聽信他的意見。

結果他隻身一人闖進犯人的根據地。

『那個孩子還不成熟。』達莉雅的聲音在腦中重現。『他一心以為自己一個人也能設法解決。』

犯人將索頌監禁在空屋的地下室。哈羅德打算救他出來，結果自己也被抓了起來。隔天，警察根據哈羅德的定位資訊趕到，發現的是茫然若失的哈羅德，以及四分五裂的遺體——那正是索頌最後的下場。

之後哈羅德的證詞揭開了真相。犯人花了半天拷問索頌，活生生地切斷他的手腳和頭顱，殺害了他。最後，為了湮滅足以成為犯罪證據的機憶，犯人從索頌的腦中抽出YOUR FORMA帶走了。

而哈羅德從頭到尾親眼目睹，被迫將那一切烙印在眼中。犯人將他綁在地下室的柱子上，固定他的頭部讓他完全無法別過臉。警官們透過哈羅德的記憶目睹悽慘的犯案情景，深感害怕——犯人似乎是為了將恐懼深植搜查人員心中作為警告，只為了這個目的而讓哈羅德活了下來。

哈羅德沒有明顯的外傷，卻在諾華耶總公司接受了緊急維修。畢竟他被強制關在家人遭異常人士凌遲至死的空間內，無法拯救家人也不能避開不看。雖說是不可抗力，還是與敬愛規範互相矛盾，即使系統發生異常也不足為奇，所幸他似乎還能保持正常。

不過，達莉雅心中有著不安。她說哈羅德看起來像是一直在壓抑什麼似的。

『因為遭到監禁的時候，犯人好像對那個孩子說了好幾次：「你是阿米客思，所以看著主人被肢解也沒有任何感覺對吧。你們又沒有心，全都是假的。」……一直被這麼說，怎麼可能沒事。』

埃緹卡想起自己說過的話。

——你們的和我們截然不同，空虛多了吧。

為了自己微不足道的自尊，到底把他傷得多深啊？

「那個——」她舔了舔下唇。紅茶的苦澀還沾在上面。「該怎麼說呢……昨天晚上，我對你說了很多失禮的話……」

埃緹卡低下頭。她不敢看哈羅德那邊，以沙啞的聲音說了下去。

「就像你說的一樣，我……和父親處得不好，還怪在阿米客思身上。我必須把責任推給別的原因才能保持正常，因為我當時還小。」像這樣對別人說出真心話，這還是頭一遭。她一直不想被人看見內心。但是，她也沒辦法卑鄙到在這個節骨眼保持沉默。「其實，我心裡有某個角落理解得很透徹。錯的不是阿米客思，而是父親……可是，我也不知道該在何處結束我的虛張聲勢。我為了保護自己，傷害了你。」

不只是這樣。其實——其實自己一定是很羨慕阿米客思。他們懂得如何輕易鑽進人們心中，受到人們接納，而自己一定是羨慕這樣的他們。

自己無論怎麼做，都沒辦法讓自己最想得到愛的那個人愛自己。

不想承認自己是個沒有被愛的價值的小孩，才把所有事情都怪到澄香身上。因為這樣一來，自己就能相信父親還有願意愛自己的可能性。

只是痴心妄想。那種可能性，一開始就不存在於任何地方。

我是那麼年幼，那麼弱小。

「對不起。」

埃緹卡緩緩抬起頭。哈羅德的視線平靜得過分，直率得讓人莫名想逃跑，就這麼注視著她。

「的確，妳的發言對我而言無法聽過就算了。」然而，他低語。「話雖如此，我的處理方式也不恰當。我再次向妳道歉。」

傷害了妳，我很抱歉。

他沒有說出任何安慰的話語，只是這麼說。真的不希望被人觸碰的部分，彼此都不去觸碰。這種拐彎抹角的溫柔，莫名令人無法感到舒適。

有那麼一下子，滲入心扉的沉默降臨在兩人之間。

「電索官。」哈羅德輕柔地低語。「不嫌棄的話，要不要來一次和好的握手？」

埃緹卡感到困惑。「咦？」

「我和達莉雅吵架的時候，總是會握手言和。所以，如果和妳也可以這樣，我會很高興。」

「不，我並沒有那麼……」

「拜託妳。」

哈羅德委婉地伸出手。埃緹卡猶豫了一下，但是見他並不打算退讓，最後還是以生硬的動作握了他的手。哈羅德的手掌有著阿米客思應有的溫度，人工皮膚特有的平滑觸感傳了過來——埃緹卡原本打算立刻鬆手，但他遲遲沒有要放開的意思。

「……夠了沒？」

「啊啊，抱歉。」哈羅德似乎發覺了，迅速把手放開。「我們第一次見面的時候，妳也不願意和我握手，所以總覺得感慨萬千。妳的手非常小呢。」

這個傢伙……變回原樣的速度不會太快了嗎？

「就算討好我，你也得不到任何回報喔。」

「我知道。」他揚起嘴角微笑。「不過，妳其實還挺喜歡我的吧？畢竟在我倒下的時候，妳叫我叫得那麼拚命。」

「啥？」埃緹卡反射性地僵住。「你、怎麼知道？」

「因為阿米客思的聽覺裝置只要不關機就會持續運作，就像人類在睡眠中也聽得到聲音一樣。」

這樣的話，該不會——

他柔和地瞇起清澈的眼睛。

「平常就叫我哈羅德該有多好，『埃緹卡』。」

去死，不對，我想死。

「怎麼了？妳該不會是在害羞吧？」

「閉嘴立刻睡覺而且再也不准起來了！」

「再也？沒有我的話，無法順利進行電索吧？」

收回前言。討厭阿米客思也許是虛張聲勢，但我還挺討厭這傢伙的。

埃緹卡壓抑住焦躁與羞恥——忽然，達莉雅的聲音在耳朵深處甦醒。

『他雖然什麼都不說，但我覺得案件還是改變了他。因為他比以前更投入於搜查工作，而且老是逞強。』

聖彼得堡的惡夢至今尚未破案。達莉雅表示，犯人現在依然在逃亡。哈羅德接觸過犯人，但對方犯案的時候總是蒙面，所以不知道長相，除了性別與聲音、身高與體格，毫無線索。最近這半年，搜查行動也幾乎都被中斷，勉強只剩下尋找目擊者。

哈羅德應該還想著要再次搜查索頌的案子——達莉雅這麼說。

『可是，阿米客思不能負責主導辦案對吧？這個時候，他接到擔任妳的輔助官的邀請……他是ＲＦ型這件事，原本只有索頌和強盜殺人課的課長知道，可是那起案件成了契機，就連在警察高層之間都廣為人知了。高層似乎覺得哈羅德比其他阿米客思優秀，所以擔任輔助官也不成問題。』

達莉雅的眼睛顯然蒙上了陰霾。

『他一定是這樣想的吧……只要一直擔任優秀的妳的輔助官，或許有可能在過程當中掌握到犯人的線索。為了這個目的，他一定還會繼續逞強。我真的很擔心……』

「路克拉福特輔助官。」

埃緹卡能夠理解他的心情，但是為了死去的索頌，卻讓被留下來的達莉雅面對不安，是本末倒置。

「你確實有在等你回來的家人。該怎麼說……這種人非常珍貴，再怎麼想要也不見得能夠得到。」

至少，他和沒有人等待的自己不同。

「你應該多重視自己一點。」

4

也不知道哈羅德是怎麼理解的，他眉毛微微動了一下。「那是什麼意思呢？」

「……聽不懂的話就算了。」

埃緹卡咬著嘴唇內側。他是阿米客思。對要修理幾次都可以的機械而言，人類方再怎麼心懷不安，都只是極其片面且不切實際的想法吧。可是，埃緹卡無論如何都沒辦法不說。為了掩飾尷尬，她很刻意地清了一下喉嚨。

說起來——

「我還來不及說，我來你的房間是為了談搜查工作。」

哈羅德用力眨了眨眼。「然而妳剛才卻叫我『立刻睡覺』嗎？」

「不要挑我的語病。」

「妳的工作狂症狀也不輕啊。」

「你最沒資格說我。」埃緹卡緩緩從鼻子吸氣。「不要插科打諢，先聽我說。」

他好像察覺到什麼，收斂起不正經的態度。「我明白了。」

他們對烏里茨基的電索不得不以半途而廢的形式結束。然而如果這個推論正確，搜查應該會前進一步才對。

埃緹卡目不轉睛地盯著哈羅德。

「雖然只是猜測，我好像知道病毒的感染途徑了。」

他低調地瞪大了眼睛。只有這樣，沒有要開口的意思，看起來簡直也像在等埃緹卡補一句「這是在開笑話」。不過當然，這並不是玩笑。

「輔助官，你說烏里茨基可能是透過一種包括感染源本身在內，任何人都不會發現的形式傳送病毒。當時的我應該是回答你除非違規存取，否則不可能辦到。不過，我發現還有其他方法了。」

埃緹卡看了窗戶那邊一眼。

「就是全像廣告的二維碼。」

她在進入這棟公寓之前，不小心展開了全像廣告的二維碼，啟動了瀏覽器。就是在那個時候發現的。對YOUR FORMA使用者而言，從廣告二維碼打開瀏覽器又關閉，是日常生活中會不斷反覆的動作，甚至到了不會特別意識到的程度。所以如果感染途徑是全像廣告，感染源會沒有自覺也很合理。

「不對，妳的推測太不自然了。」哈羅德輕聲反駁。「基本上如果是從全像廣告的二維碼啟動瀏覽器，會留在YOUR FORMA的紀錄和機憶裡面。更不用說，如果是感染源共通的行動，在電索的時候應該會發現。」

「沒錯，可是如果用的是電子毒品用的二維碼呢？如果是電子毒品，『只會讀取二維碼』，所以既不會啟動瀏覽器也不會留下紀錄。」

「原來如此。將電子毒品的二維碼擬態成一般的二維碼是吧。」

「恐怕是。而且，提供廣告演算法的是利格西堤。烏里茨基可能是透過參觀行程竊取感染源的個人資料，干擾了演算法。為了不讓自己被懷疑，還將病毒的代碼設定成在他離職之後才會發生感染。」

「調整演算法的原本就是利格西堤，所以動了手腳也不會被當成違規存取。因為這樣，才沒有留下痕跡吧。」

「而且，全像廣告是日常當中也會過目就忘的東西之一，所以窺探機憶的我們也會忽略。不僅如此，甚至根本都不會去注意。」

應該要更快想到這種可能性。埃緹卡不甘心得想咬指甲。

「如果這個推測是事實，感染源的機憶當中應該會出現共通的病毒全像廣告。可是事到如今，要怎麼知道哪個才是……啊啊，可惡，要從頭再來一次了。」

哈羅德歪著頭。「妳在說什麼啊？」

「我是說，要重新對感染源執行電索，找出有問題的全像廣告……」

「電索官——」哈羅德笑了笑，一臉拿她沒辦法的樣子。「妳忘記我的完全記憶力了嗎？」

完全記憶力。埃緹卡像被雷打到似的，一時之間無法動彈——對喔，阿米客思「能夠輸出」記憶下來的東西。她完全忘記有這招了。

他接觸過的感染源只有李，所以沒辦法找共通的全像廣告。不過，只要能夠找到不會啟動瀏覽器的二維碼，就可以為埃緹卡的推理提供佐證。

「我立刻輸出記憶資料，可以幫我拿一下桌上的ＵＳＢ線嗎？」

埃緹卡照哈羅德所說，將纜線遞給他。他將纜線接上手腕上的穿戴式裝置，另一端的連接頭插進左耳的連接埠。

用不了多久，裝置的全像瀏覽器當中已經顯示出從哈羅德的記憶取出的一連串圖片檔案。阿米客思的記憶資料與機憶不同，是以秒為單位記錄下來的圖片檔案——埃緹卡原本打算和他一起確認從李的機憶抽取出來的資料，但他說：

「電索官，妳不要看比較好。要是不小心讀取到，會感染的。」

的確，他說的沒錯。在確認完資料之前，埃緹卡無所事事地等著。總覺得沒來由地緊張了起來。他以前所未見的精悍眼神迅速清查瀏覽器——大概過了一分鐘左右。

「找到了。」哈羅德抬起頭。「是主打內建Bluetooth功能的運動鞋廣告。只有這個，即使點擊二維碼也不會啟動瀏覽器。」

李的機憶以清楚得極為鮮明的影像在埃緹卡腦中重現——在她看到的世界當中，確實有最新運動鞋與芭蕾硬鞋的全像廣告並排呈現。那在奧吉耶的機憶裡面應該也有。她想起在電子裝置的廣告中混了一雙躍動的運動鞋。

她的推測並沒有錯。

「遮蓋病毒的二維碼部分，立刻分享給十時課長。現在仍有電索官在分局裡堅持，應該可以幫上他的忙……」

豪不客氣的門鈴聲響起，打斷了埃緹卡的話——她不禁和哈羅德面面相覷。就算是除夕，這種時間上門的訪客也太沒禮貌了。

「達莉雅正在通話吧。」哈羅德話中帶著嘆息，以令人擔心的動作站了起來。「不好意思，電索官，可以再借我扶一下嗎？」

這實在是無可奈何。埃緹卡為了幫他，便伸長了手。

推開玄關的雙重門，來者讓埃緹卡他們有些驚訝。

「課長？班諾？」

站在門外的不是別人，正是十時與班諾。兩人的神情前所未見地僵硬，十時的雙手甚至用力抱著胸。這是她心情緊繃的時候會有的動作。

「冰枝，對不起。因為想盡快見到妳，我調查了妳的定位資訊。」

「這是無所謂……」埃緹卡難掩困惑。「發生什麼事了嗎？」

就算有急事，她也不懂有什麼理由連一通電話也不打就直接來找人。

十時沒有回答，帶著極度緊張的表情默不吭聲。照亮樓梯間的ＬＥＤ莫名閃爍的亮光掃過地板。正當埃緹卡開口想追問的時候——

「冰枝電索官。」

十時帶著沉重的呼吸說了。

「我們視妳為知覺犯罪的嫌疑人，前來拘提妳。」

——咦？

埃緹卡幾乎是整個人愣住，無法立刻反應。她花了好幾秒才理解十時說了什麼。知覺犯罪；嫌疑人；拘提……

「不好意思。」她好不容易擠出聲音。「妳剛才說……」

「要說幾次都可以，妳是知覺犯罪的嫌疑人。」

如此重複的十時眼中有著她的倒影，無依無靠地搖晃著——完全搞不懂。到底在說什麼？

「冰枝，把槍交出來。」班諾毫不留情地放話。「雙手放到頭後面。」

「不是，等一下，我……」

「有話回分局再說。」十時切入核心。「跟我們走。」

「兩位請冷靜。」哈羅德勾在埃緹卡肩上的手多用了幾分力，像是不想被人奪走似的。「請你們詳細說明。我和她都還無法理解這個事態。」

「還有什麼好理解的，就是我剛才說的那樣。」十時面無表情到了極點，簡直像個陌生人。「在你們去修理工廠的那段時間，烏里茨基的檔案打開了。在裡面找到了用於知覺犯罪的病毒。冰枝……『是妳叫他製造病毒的』。」

眼前完全是一片天旋地轉——課長在說什麼？

「分局的電索官潛入烏里茨基的機憶之中。」十時的眼神銳利得足以劃傷人。「他沒有妳那麼優秀，所以花了很多時間，不過找到了消除機憶的痕跡，還留下了幾個片段。由於消除得很勉強，所以階層不對，日期也無法確定……但是在裡面『找到了冰枝妳的身影』。妳威脅他，委託他製造病毒。他的機憶當中也記錄了恐懼的情緒。」

「怎麼可能。」脫口而出的聲音變調得連自己都嚇了一跳。莫名其妙。「那是偽造的。我今天是第一次見到烏里茨基。」

「妳也知道，機憶能夠變造或消除，但要無中生有偽造出一段機憶是不可能的。至少他和妳以前就接觸過，這可說是事實。」

埃緹卡嘴唇顫動，卻無法順利發聲。她只是茫然地搖頭。自己是清白的，自己完全沒有說任何一個謊言。然而事情卻是這樣，太誇張了。

「我和知覺犯罪沒有關係，真的完全沒有……」

「妳是否無辜，做過電索就知道了。」

電索。

恐懼張大了嘴，緊緊咬住埃緹卡的心臟。的確，讓其他電索官看過機憶就可以證明她是被冤枉的，非常簡單。可是——

在證明的同時，連「那段機憶」也會被人知道。

不可以——她心想。唯有那種事情絕對不能發生，那絕對不能曝光。

可是，除了電索，還有其他方法可以證明自己的清白嗎？

「喂，阿米客思。」班諾咂嘴。「把冰枝交出來，否則就當你是妨礙搜查。」

「妨礙搜查的是誰啊？」哈羅德以堅毅的態度回嘴。「恕我失禮，但你們只是受到烏里茨基操弄了。就在不久之前，我們剛得到對搜查有益的情報。十時課長，我們正準備分享給妳——」

對搜查有益的情報；病毒的感染途徑。在埃緹卡腦中，這些因素碰撞出火花，結合在一起——可是一旦那麼做，自己恐怕再也沒辦法回來這裡了。

怎麼辦？

她看向依然勾在自己肩上的哈羅德的手，穿戴式裝置在袖口若隱若現。

『沒問題的，我最喜歡埃緹卡了。』

——啊啊，姊姊……！

埃緹卡咬住嘴唇，微微嚐到鐵鏽味。

她知道沒有時間猶豫了。自己可不能再次失去她——沒錯。

不過就是被冤枉，自己一個人也能洗清嫌疑。

無論何時，她都是只靠自己設法解決。

「給我適可而止！」班諾厲聲怒罵。「快點把冰枝交給我們……」

埃緹卡渾然忘我地朝著哈羅德的裝置伸出手。在哈羅德有所反應之前，她已經啟動了全像瀏覽器——球鞋的全像廣告跳進視野裡面。二維碼瞬間就被刻劃在雙眼中。然而，YOUR FORMA依然沒有顯示出任何反應。

但是，她確實「讀取到了」。

「電索官？」哈羅德屏息。「妳做了什麼？」

抱歉。埃緹卡沒有看他的臉，揮開他稍微縮回去的手——拔腿就跑。

「站住，冰枝！」「喂，不准跑！」

十時怒吼。班諾的指尖掠過埃緹卡的手臂，但她仍在千鈞一髮之際穿越阻擋。她沒有在電梯前面停下，一口氣衝下樓梯。班諾的腳步聲追了過來。那當然了。鞭策幾乎要顫抖的膝蓋，只期望著不要跌倒，埃緹卡不停奔跑。

這一定是最愚蠢的選擇吧。

不過，就算是這樣也好。

唯有這段機憶，不可以讓任何人窺見。

5

「所以路克拉福特輔助官，你說受到犯人操弄的是誰啊？」

公寓底下擠滿了警車，警示燈的亮光讓淡色系的外牆完全變了色。十時從剛才就瞪著半空，一副不開心的樣子。大概是透過YOUR FORMA在和其他方彼此聯絡吧。

「冰枝逃跑了。如果你一開始就把她交給我們，事情就不會變成這樣了。」

「妳說的一點也沒錯。是我不對，非常抱歉。」

哈羅德極其淡然地道歉，讓她不服氣地哼了一聲。

「我也不想相信冰枝是犯人，但是，這就是我們的工作。如果那個孩子沒有逃走，我至少還可以認為她有可能是無辜的……」

「就算她逃走了，也不見得肯定有罪。」

「我懂你不想懷疑搭檔的心情。」她的語氣隱約像在壓抑什麼。「現在，我們正在重新取得冰枝的定位資訊。YOUR FORMA使用者想逃亡有多麼困難，那個孩子自己明明最清楚。」

就這樣，十時離開去找開始聚集過來的警察。

被留下來的哈羅德無意間低頭一看——手上那把用來代替拐杖的傘映入眼中。

埃緹卡是故意先讀取病毒才逃跑的。她是想感染病毒，藉此讓YOUR FORMA陷入無法運作的狀態吧。根據經過的時間判斷，她應該不久後就會發病，定位資訊也會忽然消失。

剛才和埃緹卡握手的時候，從手的溫度以及出汗狀況判斷，哈羅德知道她隱瞞了什麼事情。不過，這些全都不能說是決定性的關鍵。

諷刺的是，她逃走的舉動可說是讓哈羅德更確信自己的推理了。

埃緹卡認為哈羅德的態度輕佻，但那是因為嘗試進行身體接觸是用來掌握對方心理狀態的最佳方法。輕浮的態度與話語也能用作分析時爭取時間，以及隱藏真正想法的手段。當然，像這樣的真相，除非迫於必要，否則他不會說出口。搜查時，看起來接近真人總比被當成機械要容易博得信任，比想像中方便多了。

已經過世的索頌以前曾經說過：

『哈羅德，你是阿米客思，所以不能帶武器。但是，你的外貌（建模）足以成為武器。』

無論何時，他都只是為了搜查的進展而利用所有能夠利用的事物。

「喂，阿米客思。」

哈羅德被這麼一叫，轉過頭去，便看見班諾站在那裡。他剛才去追埃緹卡，但好像剛來到外面就跟丟了。他還是一副煩躁難平的樣子，目不轉睛地瞪著哈羅德。

「我已經知道了，你也被冰枝威脅了對吧？」

「……不好意思，你在說什麼？」

「少裝傻了。你昨天不是說什麼知道我的祕密，藉此威脅我嗎？」

被這麼一說，他總算喚出對應的記憶。

「冰枝命令你威脅我是嗎？」

「不，沒有這回事。那純粹是我自己的判斷。」

「你說系統讓你做出那種判斷？」班諾挑眉表示不解。「這不可能。你們的敬愛規範甚至連罪犯都要包庇才甘心嗎？」

他真是機械派的楷模——哈羅德這麼想。無論表現得再怎麼接近真人，阿米客思充其量也只是電子迴路的集合體——有時候，像他這種盲目的機械派還比較容易搞定。

「終於找到了啊。」班諾忽然自言自語。大概是透過YOUR FORMA，和十時以及其他警察共享了埃緹卡的所在地吧。「……啊？」

「怎麼了嗎？」

「沒什麼，是冰枝的定位資訊……就在剛剛『消失了』。」

無庸置疑地，病毒已經吞噬她的YOUR FORMA了吧。

然而，班諾他們並不知道這件事。他疑惑地走向十時。看來他們都因為無法追蹤埃緹卡目前所在的位置而感到困惑。「叫附近的警官去最後確認到的地點。」十時如此做出指示。

所幸沒有任何人對哈羅德有所關注。

他利用了這個優勢，將傘當成拐杖用，邁出腳步。事到如今，他更覺得右腳無法順利動作真是不方便極了。被那個妓女捅一刀真是一大失策。不過也多虧這個失策，才能透過達莉雅，以不會太刻意的形式將他的過去告訴了埃緹卡。

能夠博得她的同情，還有藉此瓦解她對阿米客思的心防，都如同自己的計算。

只是，埃緹卡會用這種魯莽的手段逃走在他的計算之外。

哈羅德坐進一直停在路肩的拉達紅星。儘管埃緹卡逃亡這件事出乎意料，但感染了病毒的她會去哪裡，哈羅德很清楚。只是，這輛車的特徵太過顯眼，還是找個停車場換成平凡的共享汽車比較好吧。

哈羅德的冀望無論何時都只有一個，就是解決眼前的案件。

第四章——證明，伴隨著痛楚

YOUR FORMA

1

聖彼得堡的街景被染成一片像鏡子般的銀白色世界。道路被埋在一片白底下，上面有路燈與車頭燈共舞。仰望天空，可以看見微藍的裊裊輕煙隨風飄蕩。

埃緹卡避開監視無人機逃進後巷裡，但來往的人們意外地多。一間間並排的攤商前有著群聚而至的顧客，抱著伏特加酒瓶躺在地上的年輕人，與家人或情人挨在一起走著的人們——忽然間，一道「轟」的低沉聲響震盪了她的腹部深處。抬頭一看，夜空綻放著灼熱的煙火。

對喔，新的一年已經來臨了。

四處可見彼此分享喜悅的行人。埃緹卡搓著手臂，瑟縮著身體行走。從剛才開始，她的牙齒便不停打顫，光是吸氣就覺得喉嚨快要結冰了。

這場雪除了自己，沒有任何人看得見，簡直難以置信。

這個幻覺就是這麼有分量。凍僵的臉頰、刺痛的手指與腳趾，感覺全都貨真價實，實在讓人無法認為是腦中的縫線讓自己看到的幻像。

YOUR FORMA。

無論何時，她都只有透過這個東西接觸現實。這個機械的形狀就是世界的形狀。說不定這其實是非常岌岌可危的事情。看著不知道是從上方飄落還是從下方被吸上來的雪片，她第一次不著邊際地這麼想。

不過多虧這個幻覺，才能甩開十時他們的追蹤。

接下來去找比加，請她注射抑制劑，再思考洗刷冤屈的手段吧。自己那麼被她討厭，也不知道她會不會願意幫忙，但是也沒有其他人可以依靠了——基於這個想法，埃緹卡剛才已經用地圖查好比加住的旅店。然而，YOUR FORMA才剛陷入無法操作的狀態，她就迷路了。即使想拿舊路標當依據，沒有翻譯功能，她也看不懂西里爾字母。

無意間，她注意到想去的方向有巡邏中的監視無人機。

糟糕了。

埃緹卡改變方向，溜進狹窄的巷子裡。只有這裡積雪特別深，行走時必須一次次拔起陷進積雪的靴子。明明拚命地試圖前進，但從剛才開始就變得舉步維艱，思緒隱約變得模糊。啊啊，把大衣放在哈羅德家真是一大敗筆。試著搓了搓臉頰，冷得幾乎都麻痺了。

總之，只能憑直覺走了。

離開巷子沒多久，雪變得更大了。風也開始變大，幾乎可說是暴風雪了。街景變得縹緲，模糊的霓虹燈消融在其中。肩膀不時撞到因新年而興高采烈的人們，埃緹卡搖搖晃晃地徘徊。

她原本就喜歡雪。小時候，姊姊經常變出雪來。不過，再怎麼樣她也不想要這麼大的暴風雪。雙手早已失去感覺，難怪感染者們會陷入失溫症。腳也麻痺了，連自己身在何處都已經搞不太清楚。

忽然回過神的時候，埃緹卡又待在某條巷子裡了。而且還是坐在被雪蓋住的地面上，背靠著骯髒的牆壁——她完全想不起自己是怎麼來到這個地方的。腦袋像淤泥一樣沉重，體內冷得像要燒起來了。然而，身體卻已經不再顫抖。

喧囂聽起來是那麼遙遠，寂靜包圍著她，只有急促的呼吸在耳邊迴響。

好痛苦。

自己都覺得自己做了蠢事。要是死在這裡，肯定是自作自受的最高等級吧。

一陣特別強的風吹過巷子裡。埃緹卡承受不了風的狂暴，就這麼被推倒，臉頰貼在地上，陷進積雪裡面。

奇妙的是，她一點都不覺得冷，反而有種溫暖、溫柔的感覺。要打比方的話，就像是父親的懷抱——不對吧，那個男人甚至連抱都沒抱過自己一下。這只是想像，就連母親的溫暖也想不太起來。

可是，姊姊就不一樣了。只有她願意擁抱自己，摸自己的頭，握自己的手。

願意愛自己的，就只有姊姊了。

身受風雪吹襲，心情膽怯了起來，自尊心變得脆弱不已。

其實早在很久以前就應該放棄一切了。

順應適性診斷及父親的意見，當了電索官。其實並不討厭這個工作，但是，與其傷害同事們，令他們受苦，不如關在房間裡什麼都不做，早日凋零要來得好多了。早應該這麼做才對。為了身邊的人著想，更早以前就該……可是，自己又不是那麼善良的人。

姊姊不在了之後，在冰冷的家裡，將自己塑造成順從父親的機械。一直以來，都是像這樣保護自己的心。只是隨波逐流，沒有自己的意志，不對任何事物執著、抱持興趣，扮演這樣的自己才總算能夠安心——在表現得冷淡的時候，才能隱藏真正的自己，才能將自己與姊姊共度時的幸福心情、有人由衷愛著自己的那些日子的安心感，緊緊關在重要的小角落。唯有這裡不願讓任何人窺見。無論是父親，還是其他任何人，都別想奪走，別想傷害，別想觸碰。

為了不讓姊姊死得更透徹，只能這麼做。

可是，偶爾也會感到痛苦。到底該持續這樣到什麼時候？父親早就死了。然而，自己卻依舊是那個時候的機械。不知不覺，這種生活方式已經滲透到身體最深處，無法排除了。這樣簡直就和那個男人一樣。

真不想變成這樣的大人。

多想當個更像比加或達莉雅那樣，任何時候都能毫不矯飾地表達情感的人；當個能夠毫不遲疑地相信別人的溫柔，依賴他人，懂得如何被愛的人。

心態變得太過感傷了。

感覺得到意識分不清界線，分崩離析地流了出來。毫無脈絡地，過往的記憶飄落、湧現。有如在河面漂蕩的樹葉，只是隨波逐流。

『來，握住我的手。』『姊姊常用的魔法？』『會不會積雪啊？』『埃緹卡想要的話就會積雪喔。』『其他人全都變得不舒服。』『計畫中止了。』『我又沒有怎樣！』『拜託不要殺掉她！』『冰枝先生的女兒對吧，有封遺書放在我們這裡。』

噢，這樣啊——原來是這麼回事啊。

知覺犯罪的真面目「並不是什麼病毒」。

終於理解了這一點。

可是，已經爬不起來了。

像灘爛泥似的。

崩塌。

潰散。

正準備逐漸放下一切之際。

感覺到有人伸出手臂抱起了自己。

2

圍著燈罩的吊燈，明亮的燈光在天花板上擴散開來。

埃緹卡花了一點時間才理解到自己清醒了。帶著模糊的意識摸了摸自己的臉頰，這才發現自己的手指並沒有凍僵，確實感覺得到觸感。原本已經完全失溫的身體，如今躺在安穩的床上——這到底是怎麼一回事？

「妳醒了嗎？」

靠過來看著自己的，是比加。一如往常垂著辮子的她，表情隱約顯露出緊張——比加怎麼會在這裡？自己應該沒能抵達飯店才對。

這時，自己赫然驚覺。

幻覺的雪，停了。

「冰枝小姐，我為妳注射了抑制劑。和用在李身上的相同，是讓體內所有機械停止運作的危險藥劑，每十二小時必須再次注射。」

經她這麼一說，埃緹卡的視野確實簡潔得過分。既沒有顯示時間與氣溫，也沒有跳出擾人的通知，即使想叫出新聞頭條和收件匣，也打不開任何東西——只有比加的身影位於中央。原來如此，這就是抑制劑的效果。YOUR FORMA的功能本身停止了運作。

看來是她救了自己，錯不了。

「謝謝妳。」聲音沙啞極了。「可是，妳是怎麼把我……」

「我之所以幫妳，是為了哈羅德先生。」比加自顧自地這麼說。「我還在氣妳對李做的事情喔……欸，那個人真的是阿米客思嗎？」

「咦？」她懷疑自己聽錯。「妳什麼時候發現的？」

比加只是苦不堪言地咬著嘴唇，沒有回答問題。她離開埃緹卡身邊，像是想逃離——室內的狀況這時才總算模模糊糊地映入埃緹卡眼中。是飯店的房間，一間狹小的單人房，一個皮製行李箱攤開在窗邊的桌子上。裡面裝滿了手術用具和針筒、小型心電圖監視器、平板電腦等等。看來是她當生物駭客的工作用具。

埃緹卡把手放在冰冷的額頭上。到處都沒有時鐘，在那之後不知道過了幾個小時。

窗外依然昏暗，所以頂多兩三個小時吧。

十時他們還在追埃緹卡吧？還是已經放棄了呢？

無意間，在讀取病毒時看見的哈羅德的臉掠過她的眼瞼。

「她剛醒來。」比加的聲音傳了過來。「在這邊。」

怎麼了？她在和誰說話？埃緹卡緩緩挪動頭——看見和比加一起走進來的人，腦袋裡的霧氣立刻消散，整個人一口氣清醒。

「身體狀況還好嗎，冰枝電索官？」

是哈羅德。他的打扮和之前分開的時候毫無二致，右手上拿著一把傘代替拐杖——為什麼他會在這裡？難不成十時課長他們也來了？

埃緹卡頓時整個人緊繃起來。

「請放心。」哈羅德一如往常露出端正的微笑。「我沒有讓課長他們知道我們在這裡。為了避免定位資訊被追查，我也把穿戴式裝置留在家裡了。」

「可是，你的系統也有定位資訊……」

「我知道怎麼阻隔腦袋裡的訊號，用不著擔心。」

哈羅德拄著傘走了過來，在床緣坐下。埃緹卡一時如坐針氈，硬是撐起自己的身體。身體像鉛塊一樣沉重，但比起受到幻覺侵襲時已經好多了，腦袋裡朦朧的感覺也已經完全消失。

「輔助官，你……」

你如果不是課長他們派來的，究竟是在想什麼才會來到這裡？瘋了是嗎——已經湧到喉頭的問題，卻因為哈羅德放在她肩膀上的手而煙消雲散。

「無論是把妳找出來，還是用不方便的腳帶妳過來，都相當費事。要是再晚一點，可能就危及性命了。」他用不曾聽過的輕柔口吻說了。「妳能得救真是太好了。」

哈羅德瞇起眼睛，像是打從心裡感到放心——這樣啊。把昏倒的自己帶到比加這裡來的，是他啊。埃緹卡想起失去意識之際抱起她的手臂。

他是救命恩人。

即使接下來的事情多麼令人不安，唯有這件事是千真萬確。

「那個……」埃緹卡輕聲擠出話語。「給你添麻煩了，抱歉。」

「彼此彼此。妳不也帶我到修理工廠了嗎？」

「那個不一樣。你會倒下原本就是我的……」

「電索官。」哈羅德放在她肩膀上的手緩緩放開。「我知道妳不是犯人。我們需要好好談談。」

守候在一旁的比加客氣地開了口：「不嫌棄的話，我泡個咖啡吧？」

「那麼十時課長他們還在找我嘍？」

「是的。在抓到妳之前，他們恐怕都不打算放棄吧。」

埃緹卡與哈羅德以及比加一起圍著窗邊的桌子。原本擱置在桌上的行李箱已經收拾得乾乾淨淨，換上了幾杯即溶咖啡。是比加用房間裡附設的電熱水壺為他們準備的。

「在這種狀況下連你也不見蹤影的話，會被當成我的共犯吧。」

「大概吧。」他毫不在乎。「又無所謂。」

「就算你不覺得怎樣，達莉雅小姐也會擔心吧。更何況我一點也……」

「想開導我是無妨，但是妳還有其他更應該說的事情吧。」

哈羅德平靜地這麼說，端起杯子喝了一口——埃緹卡在桌子底下緊抓著膝蓋。她知道，哈羅德找出擅自感染病毒的她，救了她一命，還相信她的清白。真是難能可貴。

但是——

令人緊張的寂靜滲入每個角落。

「好厲害。」忽然間，比加不禁說了。「真的可以像人類一樣喝下去呢……」

她僵硬的視線一直盯著哈羅德手上的咖啡杯。

「是啊。」他一臉歉疚，眉尾垂了下來。「比加，不好意思讓妳嚇到了。我發誓再也不會對朋友有所隱瞞。」

比加注視著哈羅德，複雜的心情隱約顯露在臉上——他之所以會在這個時候向比加表明真實身分，是因為她「順利發揮作用」了吧。難不成哈羅德甚至連現在這一刻的這種事態都料想到了，才拉攏比加？不，再怎麼說這樣也太瞧得起他了吧。

「我……」比加潤了潤嘴唇。「還無法置信。就是，關於你是阿米客思這件事……我還不知道該如何承受……」

「我明白，這種事情很花時間，妳大可瞧不起我沒關係。」

「我怎麼會呢。」

「但是比加，我和電索官『想找出犯人』。只要妳願意，如果能再稍微協助我們一下，我會很高興。」

哈羅德真摯的態度使得比加含糊地點了頭。然而，埃緹卡發現了不對。

「找出犯人？這我是第一次聽說，烏里茨基不是早就被逮捕了……」

「烏里茨基不是犯人啊。」

他斷定得實在太過堅決，讓埃緹卡毛骨悚然——這和她在那場風雪當中得到的結論一樣。

老實說對埃緹卡而言，這並不是值得開心的發展。

「烏里茨基只是被真正的犯人利用了而已，他恐怕真的對知覺犯罪一無所知。在他的電腦裡置入知覺犯罪的病毒，施加頑強的安全防護，都是真正的犯人幹的好事。更何況……」

說著，哈羅德放下咖啡杯。

「如果他是犯人，更找不到不惜偽造機憶也要嫁罪於妳的理由。」

「在那之前還有個問題，偽造機憶這件事本身應該是辦不到的。」

「不過『事實』就能夠偽造，也能操弄偽造出來的事實。請不要轉移論點。」

「我沒有轉移論點，也不知道你在說什麼。」

「妳應該知道吧？」哈羅德以看透一切的視線看向她。「妳已經發覺誰是真正的犯人了。」

埃緹卡沒有立刻回答，她甚至想設法將哈羅德趕出這裡。

「只是直覺罷了。」她撬開快要黏上的喉嚨。「既然沒有證據，也無可奈何。」

「要證據是有。就在妳手上。」

「咦？」比加感到困惑。「可是你說冰枝小姐是清白的……」

「是的，她的確不是犯人。但是，她知道知覺犯罪的機關。」

埃緹卡無法呼吸——哈羅德連一絲微笑都沒有。結冰的湖面般的眼睛只是一直射出視線，視線當中既沒有敵意也沒有懷疑，對一切充滿確信。

這樣啊。他之所以特地背叛十時他們，跟過來埃緹卡這邊，不完全是擔心感染了病毒的搭檔。

是因為「他知道了一切」。

「電索官，對於妳不惜利用病毒也要逃跑，我一直有疑問。那個時候的妳顯然在害怕接受電索。」

「不對。」埃緹卡開始惱怒。「那只是因為事出突然而陷入混亂……」

「其實，我有個東西想給妳看。」

哈羅德從口袋裡拿出來的，是摺成很小的一張紙。他小心翼翼地攤開。同時比加興致勃勃地探出身子，埃緹卡卻是不禁繃緊背脊。

那是將美國的報社發行的電子報裡的報導印刷出來的紙本。

日期是十四年前的四月六日。張揚的標題顯得意氣風發。

【利格西堤發表將追加YOUR FORMA的擴充功能「纏」】。

「從報導看來，纏是全世代型的情操教育系統。現代社會充斥著經過量身打造的最佳化資訊，在這樣的環境下容易加強使用者的排他性，而設法讓這樣的使用者找回人類應有的樣貌，就是這個系統的概念。具體來說，是透過混合實境讓使用者與孩童ＡＩ相處，激發出具備利他性的愛情。」

埃緹卡茫然注視著報紙。那個時候她反覆看過好幾次，所以很清楚。照片捕捉到的是記者會的狀況，專案成員個個穿得西裝筆挺，排成一列。在中央依然板著一張臉的不是別人，正是「那個男人」。

「但是，纏在運用實驗當中發現了致命性的缺陷，最後開發也以此為由被迫中止。實驗期間是一年，進行到一半都還很順利，卻在第十一個月發生了問題。纏導入了調節使用者的體溫，透過擴增實境改變天候的功能，然而其中產生了程式錯誤。雖然詳情並沒有公開，根據官方發表，所有接受實驗的人都發生了急劇的身體狀況失調，其中一個人因為處理不及而喪命——因體溫與天候的錯誤引發身體不適……不覺得和這次的知覺犯罪非常相似嗎？甚至可說是完全相同。」

出不了聲。埃緹卡握緊指尖，指甲都陷進肉裡了。

「後來，纏的專案遭到凍結，開發團隊也解散了。」哈羅德接著說。「然而，根據我的猜測，『纏並沒有被清除』。不僅如此，開發團隊的人更不假他人之手，偷偷將纏安裝到使用者的腦袋裡面。」

「那不就是犯罪了嗎？」比加臉色蒼白。「如果真像哈羅德先生所說，他們就是刻意將必定會產生錯誤的危險系統藏到大家的腦袋裡面了吧？」

「不，正好相反。反而是因為確信不會產生錯誤才藏進去了吧。」

「……什麼意思？」

自己有沒有順利呼吸呢？

「那個人確信纏的錯誤是由於某人的陰謀導致的外在要因而產生。可以推測，產生錯誤的啟動器就是這次知覺犯罪所使用的病毒。換句話說，病毒是設計成可以將藏在腦中的纏解鎖，進而引發錯誤的程式。」

「只是臆測。」埃緹卡好不容易才擠出這麼一句。「利格西堤的分析團隊表示，病毒純粹是透過YOUR FORMA的訊號影響大腦……」

「利格西堤在犯人的監視之下，不要信任比較好。」

「再說你的前提也很奇怪。」即使不想，聲音還是會顫抖。「所有使用者的YOUR FORMA裡面都藏了纏？哪有那種證據？」

「親悟・冰枝。」

哈羅德精美的嘴脣間說出令她憎恨的名字。

「纏的專案領隊，是你的父親。把纏藏進去的不是別人，就是他吧。妳應該全都知道才對。」

冷靜。埃緹卡極盡所能，努力不讓表情有所變化。當然，面對這個聰明的測謊器，這或許只是白費力氣，但是她還不可以放棄。

「的確……我的父親是纏的開發者。我承認。」埃緹卡謹慎地選擇用詞。「家父說過，纏原本是正常的程式，程式錯誤是陰謀。那個人為了對抗陰謀，將纏藏進所有使用者的YOUR FORMA裡面……遺書上是這樣寫的。」

沒錯──父親放了一封遺書在自殺協助機構。遺書是寫給埃緹卡，簡短的內容只有坦承自己的罪行。第一次收到父親寫給自己的信就是遺書，完全笑不出來。

專案凍結後，關於纏的資料決定全面作廢。所以父親為了留下纏，選擇將所有使用者的YOUR FORMA當成隱藏祕密的地方。

遺書裡還留下了相關文句，要埃緹卡為這個罪行保密。

明明可以忽視他的命令，公諸於世，告發他的罪行，自己卻一直遵守到今天。不是對父親的同情，也不是愛情，只是為了守住自己的祕密而沒有告訴任何人。

然而諷刺的是，事到如今，她還是像這樣被逼到無處可退。

「路克拉福特輔助官，你的推理的確是對的。只是，即使證明了YOUR FORMA裡暗藏著纏，要說知覺犯罪和纏有關聯還是跳太快了。比方說，說不定犯人知道纏過去發生的程式錯誤，純粹只是模仿那個症狀而已。」

「妳說的沒錯。換句話說，我們必須實際證明纏與病毒的關聯性。」

「……怎麼證明？」

「握有最後一塊拼圖的人是妳喔，電索官。」哈羅德始終是那麼冷靜。「我知道妳和父親的關係稱不上良好，然而妳卻尊重他的遺書，一直保守那個祕密到現在。其中有什麼理由對吧？」

埃緹卡注視著哈羅德，注視到像是在瞪他，甚至拒絕眨眼。如果不這麼做，他就會踏進埃緹卡不希望別人踏進來的領域，明明肯定已經來不及了。

到頭來無論掙扎得多激烈，自己也早已無處可逃。

「妳還記得我們第一次見面的時候嗎？」哈羅德將雙手的指尖合在一起，視線沒有離開埃緹卡，彷彿就連一次呼吸都不打算放過。「我說妳『不懂生活情趣，對生活這件事情本身毫不執著』。換個說法，這可以說是表現出妳不抱持任何執著和欲求，藉此保護自己的一種心理。」

「不要隨便亂說。」

「妳在幼兒時期與威權式教育的父親一起生活，結果理所當然似的放棄了自己的期望。照理來說，這是罹患精神疾病也不奇怪的狀況，妳卻沒有相關病史，應該不只要歸功於與生俱來的精神壓力耐受度吧。我想妳心裡或許有什麼寄託？」

「沒有那種東西。」

「那條項鍊。」

哈羅德的視線指向埃緹卡的胸前——藥盒鍊墜毫無防備地垂在那裡。

「恕我失禮，電索官，妳不是那種對飾品有興趣的人。不過，如果是藥盒型項鍊就很合理了，畢竟那可以收納重要的『寶物』。」

「……你想說什麼？」

「妳應該知道吧？」哈羅德沒有笑。「請把藥盒鍊墜裡面的東西給我看。」

「是電子菸的電池。」

「不要說那種無聊的謊言。」

「我沒有說謊。」

「這也是為了洗刷妳的冤屈喔。」

「不可以。」埃緹卡像是被踹了一腳似的猛然站起。「讓我一個人靜一靜。」

她衝出房間，逃避哈羅德與比加的視線，在幾乎什麼都沒辦法思考的狀態下衝下樓梯。明明哪裡也去不了，回過神的時候雙腳已經衝向入口大廳。深夜前的大廳寂靜無聲，入住登記閘門沒有人影。

她穿過自動門，來到外面。

雪花從還在沉睡的天空飄了下來。

靜靜飄下的雪花並不是幻覺。刺膚的空氣緩緩侵襲，讓她的身體不由自主地顫抖。這麼說來，離開哈羅德家之後，身上就一直只有一件薄毛衣。她一邊摩挲上臂一邊環顧四周。隔著道路的對面，有個靜謐的圓形廣場。埃緹卡像是被吸了過去似的，邁開步伐——原本那麼喧鬧的城鎮如今已經籠罩在寂靜之下，只有稀疏幾個人影，也沒有監視無人機的動靜，更聽不到警車的警笛聲。幾個小時前的熱鬧簡直像是一場夢。

為什麼？

埃緹卡緊緊握住藥盒鍊墜。

唯有這件事，真不希望他發現。

廣場上有著塔型紀念碑，還有士兵們的銅像佇立在一起。塔上掛著「1941」以及「1945」的數字。現在YOUR FORMA已經停擺，她沒辦法分析這是什麼紀念碑，更沒有人會告訴她答案。大概是關於戰爭的東西吧。

真想藏起來——她心想。

只有這個角落，無論如何她都不想讓任何人踏進來。

「冰枝電索官。」

回過頭去，追了過來的哈羅德就站在那裡。明明說了想一個人靜一靜，他卻完全沒聽進去。埃緹卡背對著他，像在擁抱自己似的雙手抱胸。

「我不打算多說什麼了。」她隨著厚重的吐氣吐出這句話。「反正用不著我說，你大概也已經全都知道了。」

「那麼，接下來就讓我對答案吧。」

哈羅德的聲音輕柔地碰撞在她的背上，順勢滾落。

不要，閉嘴。

「電索官，妳不是會信賴別人，將自己的心寄託在別人身上的那種人。然而，妳卻對我坦承了自己與父親的關係，坦承了妳討厭阿米客思的理由。那是所謂的精神創傷。那並不是人們會輕易說出口的事情，妳卻以對我表示誠意為優先了。」

埃緹卡咬緊牙關，打算藉此磨碎隨著寒意湧現的某種感覺。

「妳是一個心地善良又纖細的人，卻扮演著冷淡的自己，這是因為心中懷抱著不想讓人知道的事情。被當成冷酷的人可以不讓別人接近，這樣對妳比較方便。即使受到輕蔑，妳也已經習慣忍耐了。」

是啊，沒錯。就是這樣。

「即使只有自己一個人也能夠忍耐下去，『是因為這十三年來，纏一直都在妳身邊』對吧？」

埃緹卡緩緩轉過頭——哈羅德只是目不轉睛地注視著她。翩翩飄落的雪花接觸到他的髮絲，融化消失。

「纏的實驗對象，條件是十八歲以上，妳的父親卻偷偷把纏給了當時五歲的妳。不知道是他表示父愛的方式，還是實驗性的興趣……總之在陰沉的家庭當中，纏是最懂妳的人，也是妳唯一能夠信賴的家人。」

——『沒問題的，我最喜歡埃緹卡了。』

「然而發生了那個程式錯誤，專案遭到凍結。妳拒絕與纏分開，但始終無法如願。所以……『妳複製了纏的程式，隨身藏在自己手邊』。」

喉嚨冷得像是要被灼傷了，滑落的呼吸，彷彿隨時會燃燒起來。

——『我要和姊姊永遠在一起。』

即使是量產型的ＡＩ，對自己而言，纏還是真正的姊姊。

多虧有她，埃緹卡有生以來第一次知道有家人愛著自己的喜悅。因為有她握著自己的手，有她擁抱自己，有她認同自己是一個人，願意陪自己聊天。就只是這樣的小事，成了說不清有多珍貴的寶物，多強力的支撐，多深沉的救贖。

父親母親都沒有愛過自己。

可是，就只有纏。

專案決定中止的時候，埃緹卡詢問父親理由是什麼。但是，父親只是一直重複說

「其他接受實驗的人都陷入身體不適的狀況」，不願意告訴她詳情。

「我的姊姊並沒有變得異常，卻因為其他的纏出了狀況……」吐氣動搖著。「我不希望姊姊被殺害，不想和姊姊分開。所以……」

所以，將她複製到儲存媒體裡面。

「然後就這樣——把她關進那個藥盒鍊墜裡面了吧。」

複製已經決定凍結的程式是違法行為。如果機憶在電索當中被看見了，這次真的會失去姊姊。所以她才故意感染病毒，逃了出來。心想只要憑自己的力量抓到犯人，解決案件，她的腦袋就不會被窺見了。

「你是什麼時候發現的？」緊握著藥盒鍊墜的手已經凍僵，以陣陣疼痛抗議著。但是再怎麼痛，現在都不重要。「你一直懷疑我嗎？」

「說懷疑太奇怪了，因為妳不是犯人。」哈羅德口中微微洩出白煙。「一開始產生疑慮，是在搜查利格西堤的時候。結束了電索後，妳顯得相當動搖，見過泰勒之後更是變本加厲。那個時候，我就認為你們過去應該曾經有共通之處。」

「泰勒是個怪胎，說不定只是他說了什麼冒犯我的話。」

「不，如果是不怎麼認識的無關人士批評妳，妳這個人會聽過就算了。」

「這種事情你怎麼知道？」

「我就是知道。」哈羅德斬釘截鐵地說。「妳的父親是纏的開發人員，這種事情稍微調查一下就能輕易得知。再加上妳在電索的時候聽見纏這個名字就顯得很驚慌，差點發生逆流。所以，我想妳很有可能以某種形式與纏有所關聯，便推導出接受實驗的人這個答案。」

「就算這樣，我也不見得還把纏帶著走……」

「電索官或許沒有發現，不過要形容妳這個不顧生活情趣的人，飾品實在是非常搭不上的要素。於是我認為藥盒這個形狀可能有什麼理由，裡面必定藏了某種支撐妳這個人不可或缺的東西。」

真是個怪物——她心想。能夠在那麼早的階段就推導出這個答案，只能說是異常。

面對無法出聲的埃緹卡，哈羅德繼續說：

「要將這次的知覺犯罪案件與纏連結起來，還缺了那麼一個明確的證據。不過要是犯人的目的正如我所推測，妳總有一天會變成目標。」

「……什麼意思？」

「妳沒有發現嗎？犯人盯上的，打從一開始就是妳。」

埃緹卡無法立刻理解，只能茫然地搖頭。

他冷靜地再次強調：「如我所料，犯人與妳接觸了。利用烏里茨基嫁禍於妳倒是嚇了我一跳……不過對我而言，無論形式怎樣都無所謂。」

「你在說什麼……」

「為了證明知覺犯罪的機關，纏是不可或缺的必要因素。但是，即使拜託妳讓我看藥盒鍊墜裡面的東西，妳也不會答應吧，除非發生非同小可的事態。比方說，犯人的詭計讓妳陷入困境之類……我能夠做到的，就只有先和妳建立起信賴關係，以備那個時刻到來。為了讓妳在緊要關頭，願意把纏交給我。」

下巴擅自顫抖了起來，是因為寒冷，還是……

在他操控之下的，不只有比加。

就連自己也受到他隨意操弄，之前究竟有沒有機會察覺到這件事呢？

「電索官，我必須向妳道歉。首先，我在離開餐廳的歸途和妳吵架，那是『故意的』。我並不是第一次遭到否定阿米客思的情感的意見攻擊，那不構成令我氣憤的理由。是因為妳始終對我保持迎戰態勢，我才想要一個排除這一點的契機。俗話說『不打不相識』，衝突之於人際關係，是一種可以用來加強羈絆的有效手段。」

現在回想起來，哈羅德的眼睛打從一開始就是那麼冰冷。

換句話說，無論是輕浮的態度還是輕佻的話語，全都是他算計好的。

「讓達莉雅告訴妳我的過去，也是為了和妳更親近。」

開什麼玩笑啊——不對，自己早就知道了，知道他的溫柔只不過是程式，儘管如此還是不禁覺得高興才是一切的錯誤。是自己太軟弱了。

啊啊，總覺得——

「輔助官……」膝蓋不停顫抖。「究竟到哪裡為止都如同你的算計？」

哈羅德皺起眉頭，一臉感傷。就只有這樣，並沒有要回答的意思。

「這樣啊。」自己也不清楚是怎麼回事，只覺得心臟快要被捏碎了。簡直愚蠢至極。「你早就知道犯人的真面目還有目的。陪比加去觀光，也是為了讓她在我成為目標的時候願意協助我……因為要是我拒絕電索，就會需要比加的抑制劑。」

「『順利發揮作用』了吧？」

「你……」嘴唇不停顫抖。「對你而言，身邊的人類都只是棋子嗎？」

「我只是想解決案件而已。」

「就算是這樣，你的做法還是表裡不一，欠缺誠意。」

「是啊。我知道以你們的感覺，肯定會有這種感受。所以像這樣的真心話，我一直都沒有告訴任何人。」

「換句話說，你大聲主張的那些像是人類的道德，全都是謊言？」

「不是謊言，我也有良心。在這個前提之下，真要說的話，我只是覺得在必要的時候以人類的價值觀為重比較容易得到信賴罷了。」

埃緹卡的嘆息從齒縫間洩出——哈羅德是阿米客思，但她現在甚至覺得哈羅德比自己更像人類，懂得體恤別人，溝通能力優秀，能夠愛護家人。實際上，他對達莉雅的愛情想必並非虛假。

但是，他在某方面有決定性的缺陷。

到頭來，他還是機械。

「那麼……」埃緹卡咬破口中的苦澀。「為什麼你現在要對我表明真心話？」

「因為我想讓妳交出對妳而言最重要的東西。」

他沒有別開視線。忘記是什麼時候了，自己還曾經羨慕過那對冷硬的眼睛。

「身為人類的妳或許無法相信，不過這並非程式，而是我的道德心。想借用別人的重要事物時，就必須將自己的重要事物……比方說不想被知道的祕密，當成代價。這是我表現誠意的方式，請妳了解。」

「少強迫我接受。我還沒決定要交出姊姊。」

「電索官，纏的設計就是會對任何人傾注愛情，程式就是那麼寫的。即使對象不是妳……」

「閉嘴！」

尖叫般的吶喊終於忍不住爆發。埃緹卡摀著雙耳，當場蹲了下去——她知道自己這樣做有多孩子氣，也知道姊姊對任何人都會那麼溫柔，知道世界上不是只有一個姊姊。

儘管如此，她也沒有其他存在能夠依靠了。

早知道會變成這樣，別遇見姊姊該有多好。如果打從一開始就不知道被人摸頭有多舒服，不知道被人擁抱的喜悅；如果一直都只有自己和冷漠的父親兩個人，事情就不會變成這樣了。

埃緹卡感覺到哈羅德緩緩接近的氣息。即使他的鞋尖進入視野，埃緹卡也沒有抬起頭。她抱著腿，輕聲呼吸。

不要再闖進來了。

「你的算計有誤。」眼前變得模糊。「因為我並沒有信賴你。」

「是啊，或許是這樣。妳似乎是個比我想像中還要難相處的人。」

「你明明，就有願意愛你的家人。我不一樣，不像你。我一直，只有姊姊。明知道是這樣，你還是要搶走姊姊嗎？」

「是的。」

「哈哈。」她知道這樣很幼稚。然而，就是停不下來。「破案就那麼重要嗎？無論你有多想重新開始搜查索頌刑警的案子，阿米客思的功勞也沒那麼容易獲得認同。」

「這點我當然了解，也知道我只能一步一腳印地不斷努力。」哈羅德蹲低身子，單膝跪地。「電索官，這是我第二個重要的事物，也就是祕密……如果能夠抓到殺害索頌的犯人，我打算親手制裁他。」

埃緹卡抬起頭——作工精細的機械的臉孔，就在自己眼前。依然澄澈的眼睛冷酷得令人感覺不到任何溫度。

「……什麼意思？」

「字面上的意思。」

埃緹卡悄悄地為之戰慄。正如達莉雅所說，他確實有所壓抑——壓抑著黑暗到令人害怕的衝動。

「你有敬愛規範，無法傷害人類。」

「那可難說。」

「……難不成，你想改造程式？被發現的話得遭受廢棄處分。」

「無所謂。即使落到那種下場，也不過是我無法救出索頌的報應。」

人造的眼神，大概就連因後悔與憤怒而燃燒都辦不到吧。哈羅德如此低語時依然是極為平靜。

他的所作所為對埃緹卡而言是差勁透頂，然而他也很了解這一點。正因如此，他才透過共享重要的事物這種阿米客思所用的方式來表示他笨拙的誠意。如果純粹只是在利用埃緹卡，他既不需要表明真意，自曝祕密也沒有意義。

又或者，這也是他計畫的一部分？

無論如何——

「辦不到。」咬緊的臼齒磨碎了她的低語。「我沒辦法……把姊姊交給你。」

「埃緹卡。」哈羅德的手輕輕包住埃緹卡緊握藥盒鍊墜的手。對她冷到不能再冷的指尖而言，就連機械的體溫也溫暖得過分。「妳對我說過『應該多重視自己一點』對吧。那句話，應該對妳自己說。」

「什麼……」

「妳已經太久沒有正視妳自己了，只是一直依賴著姊姊的殘像。請妳快點想通，這有多麼孤寂。」

那種事……

「妳才應該，更重視自己一點。」

不行。

太可怕了。

「無論如何，你都需要姊姊的話……」她以快要麻痺的嘴脣撂下這句話。「就把項鍊扯下來吧。」

沒錯。他願意這麼做的話，不知道有多輕鬆。埃緹卡緩緩打開沒有感覺的指尖。藥盒鍊墜離手滑落，在她的胸前搖晃。

「我太懦弱了……自己拿不下來。」

「那麼——」哈羅德看似悲傷地皺起眉頭。「你對姊姊的愛，難道是假的嗎？」

埃緹卡與映在他眼中那個看起來快要消失的自己對上了眼——他突然說的這是什麼話？

「索頌死去的時候，我看著大家在他的棺木上蓋土。其實我很想阻止大家。即使屍體已經徹底腐爛，我也想緊緊擁抱他。然而那是我的任性，索頌不會希望我那麼做。所以我懷著對他的敬意和愛情目送了他，沒有別開視線。接受別離，才是對自己懷抱的愛情負責。然而，妳卻拒絕接受嗎？」

你說的……

「那才不是愛情，什麼都不是。到頭來，妳只是想保護妳自己而已。埃緹卡，對妳而言，纏不是姊姊，只是會給妳最想要的東西的道具。」

不對。

否定已經湧上喉頭，卻無法轉換成聲音。

自己最想要的東西。來自雙親的，來自父親的愛。她希望父親看著、愛著身為女兒的她，而不是澄香——而纏，確實總是看著、愛著埃緹卡。她非常幸福，非常高興，一點也不想失去纏。

可是——

「小孩子都不想放開布偶，如果沒有其他事物願意保護自己，更是如此。」

我——

「但是……那個布偶，應該再也沒辦法救妳了。」

哈羅德的話語殘忍地散開。

浮現在閉上的眼瞼底下的，是那天的記憶。

『我要和姊姊永遠在一起。』

纏要被解除安裝的前一天。她溜進父親的書房，從書桌偷了一個ＨＳＢ，插進自己的後頸。剛開始複製程式的時候，姊姊立刻試圖阻止埃緹卡——她是第一次看見姊姊那麼難受的表情。

還記得那個時候，纏是這麼說的：

『埃緹卡，妳聽好了。我是妳「唯一的姊姊」。』

沒錯，姊姊只有唯一的一個。正因如此，即使其他的纏被消除了，她也不想讓姊姊死去——然而，那是個錯誤。是幼小的心靈對自己說的謊；自欺欺人；藉口。

其實，自己早就發現了。

自己以幼小的自私複製下來的東西，早已不是「唯一的姊姊」。

真正的姊姊，在那一天確實已經死去。

自己一直關在掌心直到今天的，是早已燃燒殆盡的回憶。

自己是個只想被愛的笨小孩。

不斷吶喊著想要想要想要，到頭來什麼都沒有得到。

正因為隱約明白自己一無所獲，才無法承認自己拚命關住的回憶只是燒剩的灰燼，無法面對現實。

「我明白了。」哈羅德輕聲說。「如果妳無論如何都沒辦法放手，我就如妳所願奪走好了。妳真的願意這樣嗎？」

——不。

「等一下。」

埃緹卡好不容易撐開眼睛。哈羅德的手在即將碰到藥盒鍊墜之前停了下來。

她明白。

總有一天，得做個了結。

「沒關係。」只憑吐氣推出話語。「我自己……有辦法拿下來。」

把手伸到脖子後面，摸到項鍊的勾環。指尖因為寒冷而麻痺，無法順利捏住，失敗了好幾次。好幾次——現在還來得及。姊姊就在這裡。就這樣跑到某個地方，這次真的手牽手死在一起也是辦得到的。

辦不到。

自己很清楚。

正因為一無所有，至少也得證明自己對姊姊的愛是貨真價實。

否則就會變成和那個只愛迎合自己（澄香）的機械的父親一樣了。

鬆開釦環，藥盒鍊墜掉到掌心裡，像冰塊一樣冰冷，澄澈。未免太過容易了。擰開輕得出奇的藥盒的蓋子，倒了過來——那個東西輕輕滑落。

有如結晶般透明的小巧儲存媒體。

「路克拉福特輔助官，這就是……」

——姊姊，傷了妳，我很抱歉。

「你的……推理的證明。」

埃緹卡以凍僵的手遞出ＨＳＢ，哈羅德便脫下大衣披在她的肩上。兩人對上了眼。融化在他睫毛上的雪花閃閃發亮。他的手再次包覆埃緹卡的手，讓她緊緊握住ＨＳＢ。

「感謝妳的勇氣。」哈羅德刺人的視線前所未有地真誠。「我想好逮捕犯人的計畫了。妳願意聽嗎？」

他所謂的計畫，大概是為了只靠他們自己挑戰犯人而擬定的吧。現在無法依靠十時他們。因為如果犯人真是他們料想的那個人，埃緹卡的機憶想必也和烏里茨基一樣被動過手腳，改成對犯人有利的形式了。

為了證明自己的清白，就只能自己做個了斷。

不知是幸或不幸，眼前有個阿米客思站在她這邊。

「告訴我。」埃緹卡回握哈羅德的手。「我該做些什麼？」

4

史帝夫回到利格西堤總公司的時候，是晚上十點左右。在濃得已經完全化開的夜色之中，一輛廂型車停在圓環。是一輛沒見過的車，從車牌號碼可以看出是共享汽車。一個北歐系的少女坐在駕駛座上，靠著方向盤。

史帝夫隱約覺得可疑，便輕輕敲了車窗。

「什麼事？」打開車窗的少女操著格外生疏的英語。「我只是在等還在加班的哥哥。這裡不可以停車嗎？」

有人來接員工並不是什麼稀奇的事情，但開的是共享汽車就令人有點在意。然而理由要幾個就想得出幾個，看來是自己有點太敏感了——史帝夫對少女道了歉，離開廂型車。

走進總公司大樓，正好碰上一個似乎正要下班的熟識員工。

「啊啊，史帝夫，泰勒先生高興嗎？」

「……你在說什麼？」

「你之前不是搬了一個大箱子嗎？還說是要送給他的新觀葉植物。」

「不。」史帝夫感到困惑。「我不知道。」

「不會吧，先是壞了『腳』，現在又壞了腦袋嗎？明天要記得請常駐維修工幫你看看。反正你一定是只顧著照顧泰勒先生，忽略了自己的維修吧。說不定是循環液硬化了喔。」

員工自顧自地這麼說，一邊快步走向外面——史帝夫低頭看了自己的腳。每個環節都正常運作，那個人到底是誤會了什麼……讓思緒運轉到甚至發出些微異音後，忽然間，他想到一個可能性。

難不成——

史帝夫反射性地起步奔跑。搭上電梯的時候，左胸裡用來送出循環液的幫浦已經搏動得非常激烈。到底是為什麼？自己甚至沒有直接見到「他」——這沒道理。希望是想太多了。

然而在最頂樓走出電梯時，皮膚的有機電晶體終究騷動起來。

通往會客室的門毫無防備地完全敞開著。

裡面只有微溫的黑暗蒙著每個角落，沒有任何人。史帝夫思考過後，掀起沙發的坐墊，拿出藏在底下的轉輪式手槍。是泰勒用來護身的東西。

他確認另一頭的門。寂靜無聲的通道筆直延伸，還是沒有任何人的氣息。即使豎起耳朵，也沒聽見任何聲響——這時他發現了。

臥室的門微微開著。

伊萊亞斯．泰勒的臥室相當昏暗，充滿無機質的氣味。除了照護用的床以及高濃度氧氣製造機，還有靠在牆邊的辦公桌跟電腦，沒有任何東西，單調無比。多虧了罩住窗戶的黑色窗簾，反射在大理石地板上的繁星可以看得很清楚——拱成圓頂型的軟性螢幕上投影出清晰的夜空，簡直就像星象儀。

「泰勒先生。」

深深躺在床上的泰勒精神沉浸在止痛劑當中，徘徊於夢境與現實之間時，一道熟悉的聲音向他低語。他撐開沉重的眼瞼——是史帝夫，身上穿著平常的白襯衫與背心，一臉擔心地靠過來看著他。

「看護阿米客思在忙別的事情，不嫌棄的話由我幫您擦身體。」

「已經是那個時間了啊。」YOUR FORMA的顯示時間剛過晚上九點半。一整天從早到晚待在床上，時間感難免亂了套。「不好意思，拜託你了。」

史帝夫默默點頭，輕輕抬起泰勒的頭。泰勒感受著他的手觸碰自己的後頸，忽然想起不久前出門的他回來時的狀況。

「那個大箱子是什麼？打開會客室門的時候，我看見了一個大箱子。」即使是有病在身之後，泰勒仍堅持自己親自確認進房的人，解除保全系統。「你該不會又從醫院帶了多餘的醫療器材回來吧……」

「請放心。」史帝夫帶著平常的撲克臉說了。「那只是搬『人』進來時用的。」

「……你說什麼？」

泰勒皺起眉頭的時候，感覺到後頸的連接埠被插了某種東西。史帝夫連接了HSB。不過是為了什麼——仔細一看，天花板上的影像也被切換了。螢幕上是極為世俗的主打內建Bluetooth功能的運動鞋廣告。

來不及別開視線。

揭示出來的二維碼躍入眼簾。

視野當中的時刻顯示隨著「滋滋」聲產生了扭曲，本能地感覺到一陣涼意。泰勒即刻叫出訊息視窗，視窗正常展開。然而，他清楚到不能再清楚了。再過十五分鐘，像這樣的動作全都會陷入無法運作的狀態。

「史帝夫，你……」

他抬頭看到的史帝夫露出柔和的微笑。那個阿米客思不可能笑，那是完全不同於史帝夫的表情。

「終於見到你了，泰勒先生。」

史帝夫的——和史帝夫有著同樣長相的阿米客思的手，從他的後頸拔出ＨＳＢ。

「幸會，我是哈羅德·路克拉福特。然後……」

哈羅德行雲流水般移動視線，泰勒也茫然地跟著看過去——這才終於發現站在床腳附近的人影。

「晚安，泰勒先生。」

那是打扮得像從墨汁出生的一名電索官。

「是妳啊。」泰勒的聲音像落葉互相摩擦的聲音一樣小。「這是違法入侵，冰枝電索官。」

「的確，我沒有搜索票。」

享有革命家之名的天才，如今已是槁木死灰般的老人。頭髮幾乎掉光，代表性的杏眼也變得凹陷。藥物的影響讓他臉色黯沉，鼻子插著氧氣套管。包覆著所有肌肉都已經萎縮的身體的，是吸滿寂寥的休閒服。透過全像模組對話的時候，根本不可能看到這樣的真相。

這就是天才最後的下場嗎？

「泰勒先生，我們來這裡，是為了逮捕你。」

泰勒緊閉的嘴唇微微鬆開，費力地吸了一口氣。

「我不知道你們在說什麼。你們認為我是知覺犯罪的犯人嗎？」

「是的，沒錯。一切的一切，都是你設計好的。」

知覺犯罪，是伊萊亞斯．泰勒引發的。

埃緹卡與哈羅德的見解一致。

潛入利格西堤的行動比料想中的還要簡單。後來埃緹卡與哈羅德帶著比加一起離開聖彼得堡，從普爾科沃機場搭上飛機。不過理所當然地，要是埃緹卡大剌剌地登機，立刻就會被十時他們發現所在地，所以比加向機場方面證明了自己的民間協助者身分，將埃緹卡當成阿米客思請他們託運。

她回想起和哈羅德一起被塞進阿米客思用的隔間時的狀況。

『如何？這的確是「貨艙」對吧？』

看著因為過於狹窄而疲憊不堪的埃緹卡，哈羅德不知為何顯得很開心——但是最令她不高興的不是惡劣的環境，而是直到航程結束都必須和他黏在一起。畢竟裡面是擠沙丁魚的狀態，無論如何都會緊貼著彼此。

『你沒辦法離遠一點嗎？』

『可以是可以，只是這樣妳就得和陌生阿米客思抱在一起嘍。』

『那樣還好得多了。』

『我覺得抱妳比較好。』

『就算是開玩笑，我也要一巴掌搧倒你。』埃緹卡忍著頭痛，疲憊不堪地呻吟。

『好想搭頭等艙……』

『看來妳懂我的心情了，真是太令我開心了。』

抵達舊金山機場之後，三人弄了一輛共享汽車的廂型車，前往利格西堤總公司——

埃緹卡他們事前就知道史帝夫會外出。哈羅德與安互相聯絡，先問出了史帝夫的行程。所以他們大大方方地從正面玄關進入總公司。哈羅德變裝成史帝夫，讓埃緹卡躲進送貨用的大型箱子裡，放到他推的推車上。警衛阿米客思和公司員工叫住他好幾次，他都說箱子裡面是觀葉植物，順利化險為夷。基本上根本沒有人會認為史帝夫的兄弟會在深夜來到利格西堤，史帝夫身為泰勒的親信在公司內也得到大家的信賴，所以哈羅德認為這招一定會成功，事實上也如他所說。

只是，這些招數她都不想再用了。尤其是那個貨艙，絕對免談。

「泰勒先生，你早就發現我的父親在所有使用者的YOUR FORMA裡面都藏了纏對吧？」

「我不知道妳在說什麼。纏的專案，早在很久以前就已經凍結了吧？」

「裝傻也沒有意義喔。」哈羅德搖了搖手上的ＨＳＢ給他看。「你知道親悟・冰枝藏了纏之後，第一件事情就是只消除了自己腦袋裡的纏。不過，我剛才已經幫你再次安裝就是了。」

泰勒放下薄薄的眼瞼，洩出長長的嘆息。

「你們讓我感染，是想證明知覺犯罪因纏而起是吧？」

「是的。」哈羅德面無表情地點頭。「既然你都已經想通了這麼多，不如早點自白比較好。十五分鐘之後才在風雪造成的痛苦中懺悔，未免太悽慘了。」

泰勒的嘴脣揚成冷冽的角度。「你和史帝夫還真是天差地遠呢……」

「泰勒先生。」埃緹卡輕聲叫他。「你的目的是將知覺犯罪案件的罪行嫁禍於我。為了避免留下自己的蹤跡，你利用了克里夫．沙克對吧？你早就知道他的真實身分是和黑手黨有關係的電子毒品製造者……烏里茨基。」

泰勒沒有回答，只是緊緊閉著眼睛。

埃緹卡沒有多想，繼續說了下去。「你揭露了烏里茨基的真實身分，並且以此為條件，叫他協助你犯案。你不只威脅烏里茨基，在他的電腦裡暗藏病毒，還『為了讓我看起來像是主犯，讓他和我說話』——正確說來不是和我本人，而是我的全像模組。」

之前來到利格西堤的時候，泰勒使用親悟的全像模組驚嚇了埃緹卡。已經死去的父親不可能會出現在眼前。模組的作工之精巧，即使理智上知道是假的，還是很有可能會信以為真。泰勒說過那個全像模組是透過利格西堤的監視攝影機的掃描資料製造而成。

「前幾天，我為了搜查來到利格西堤時，當然也被監視攝影機拍到了吧。你就利用那些影像製作了我的全像模組，讓模組威脅烏里茨基，為了將我是主犯的機憶植入烏里茨基腦中。」

機憶無法以無中生有的方式捏造。

然而正如哈羅德所說，事實就能夠偽造，也能操作。

「不只是這樣。你也在我的機憶動了手腳。你是YOUR FORMA的開發者，這點小事對你而言易如反掌。」

「妳這是栽贓。我什麼時候對妳做過那種事情了？」

「在我拜託你協助搜查的時候。當時，我用了史帝夫準備好的ＨＳＢ，從後頸的連接埠直接讀取利格西堤的員工個人資料。機憶是在離線狀態下管理，所以要加以干涉只能從ＨＳＢ直接連線。你就是像這樣趁亂對我的機憶動手腳。我想你也用同樣的方式對其他員工的機憶動了手腳才對。」

埃緹卡在利格西堤對四名員工進行了電索。一開始注意到烏里茨基的契機，就是那四個人的機憶當中記錄下來的情感讓她覺得不太對勁。然而，現在她完全想通了——那正是泰勒誘導她的手段。

「泰勒先生。」哈羅德說了。「你想讓計畫成功，就必須製作冰枝電索官的全像模組，並且對她的機憶動手腳。所以你從參加利格西堤參觀行程的人當中挑選感染源，安排搜查方向。一切都是為了將電索官引誘到這個地方——引誘到利格西堤這裡。」

他依然沉默。

「泰勒先生，我想問你的動機。」埃緹卡舔了舔乾燥的嘴唇。「這起案件，和我的父親有關嗎？」

泰勒從鼻子緩緩呼氣。令人不放心的呼吸卻是格外響亮，翩然落在大理石地板上。他以不太順暢的動作抬起色澤不佳的眼瞼。

「纏原本不是親悟的專案，而是我的。」

埃緹卡皺起眉頭。「……你在說什麼？」

「這是事實。妳沒有懷疑過嗎？纏只不過是情操教育系統，為什麼要附加天候操作以及體溫調節的功能？」

的確，埃緹卡也曾覺得姊姊的「魔法」很不可思議。不過埃緹卡從小只覺得纏就是這樣的存在，一次也沒有深入思考過。

「那個專案一開始是完全不同的東西，結果開發階段的系統決定流用到纏那邊，親悟出於『善意』保留了部分功能。照理來說，那應該全都是我的功績……如果他沒有插手硬搶的話。」泰勒伸出消瘦的手臂抓住側邊護欄，然後順勢以不甚安穩的動作起身。

「電索官，妳理應代替妳的父親接受報應。」

「果然，是你誘發了纏的錯誤……」

埃緹卡閉上嘴。泰勒藏在棉被底下的那隻手顯露到外面——手上緊緊握著一把自動手槍。

緊張感竄過全身。

沒想到他藏了一把槍。

「我早就決定好了。」泰勒用拇指解除安全裝置，瞄準了埃緹卡這邊。「決定死前一定要對親悟復仇……決定這次一定要將纏貶為罪大惡極的存在。」

埃緹卡忍著喉嚨緊張得要貼在一起的感覺，緩緩舉起雙手。最糟糕的是，現在的自己是被當成比加的「行李」來到美國，所以身無寸鐵。

「泰勒先生。」哈羅德謹慎地開口。「請你把槍放下。」

「你不要說話。這是人類之間的問題。」

「不，我……」

「路克拉福特輔助官。」埃緹卡好不容易才說出來。「沒事的，不用擔心我。」

哈羅德似乎還有話想說，但還是心不甘情不願地退下。

「所以——」泰勒擠出虛弱的聲音。「妳什麼時候發現是我的？」

冷靜下來，他不會立刻開槍。埃緹卡深呼吸。泰勒的眼神與槍口都冷靜得過分，卻同時以隨時會咬過來的氣勢封鎖住她的行動。

「在知道自己被冤枉的時候，我為了逃離現場，故意感染了病毒。那個時候，看見風雪的我想了起來，姊姊……纏經常下雪給我看。所以我才終於明白，十三年前發生了什麼事情。」埃緹卡壓低視線。「我是父親祕密進行實驗的對象。他沒有告訴任何人，也沒有告訴你。所以在其他接受實驗的人身上產生程式異常時，他立刻就察覺是你的陰謀。因為我的纏依然保持正常。」

「他利用女兒，一開始就設下預防線了是吧。」泰勒的嘴角一歪。「原來如此。果然是個了不起的男人……」

我原本很喜歡妳的父親——他如此低語。

「我原本以為他是我第一個真正的朋友，但是……他背叛了我。」

「的確，父親做人是有缺陷，但是我不認為他能夠從你這麼有才能的人手上搶走專案。如果他真的打算那麼做，周遭的人也應該會阻止他。」

「妳也知道，我討厭人類。」泰勒略顯自嘲地微笑。「建立專案時，我每次都在作業到相當程度後才會借助其他人的力量，在那之前完全不會公布詳情。但是，大家都知道我手上隨時有工作在進行……而親悟利用這一點，抓住我的把柄用來威脅我。」

「……把柄？」

「從很久以前，我就一直有個興趣是窺探別人的腦袋，誘導對方的思考。」

他的口吻有欠嚴肅，到了令人害怕的地步。

「我打造YOUR FORMA最原本的目的，是想要朋友。我討厭人類，但如果是『能夠隨自己喜好改造』的人，總可以成為朋友吧？所以我一直以來利用YOUR FORMA的最佳化（Personalize），隨心所欲地操控員工們的思考。」

一時之間無法相信。他說的這些到底有幾分認真？

「的確，最佳化是配合使用者的喜好提供資訊，可是應該沒辦法做到誘導思考的地步……」

「當然可以，我之前告訴過妳吧？人類的大腦有可塑性，具備迎合接收到的訊息的力量。」泰勒一點都不覺得哪裡有錯。「總之，本人接收到的資訊究竟是配合自己的喜好而最佳化的結果，還是本人由於相信是經過最佳化的結果，而『一心以為那就是自己的喜好』？只要連使用者本人都分不出兩者的差異，誘導就成功了。」

我曾用這個方法讓好幾名員工的喜好有了一百八十度的轉變——他說了。

「喜歡咖啡的人變得討厭咖啡因，鴿派成了鷹派，虔誠的基督教徒搖身一變成了無神論者……途中開始，比起改造成我想要的朋友，這純粹成了我最好奇的事情。你們每個人似乎每天都隨著自己看到的東西，在改寫自己的腦袋呢。」

無論他說的是否屬實，埃緹卡都無法壓抑內心湧現的厭惡感——最近這一天她調查到的伊萊亞斯．泰勒的生平掠過她的腦海。

他從年幼時期便發揮才能，年僅十二歲就從麻省理工學院畢業。媒體爭相報導，雙親藉此大發橫財。然而本人卻對此表示反抗，十五歲便以實業家之姿離家獨立。

他因為智商過高，被周遭的人孤立，所有人都和他保持距離。

泰勒十八歲的時候，因為一篇以《天才不會感到孤獨》為標題的報導，控告寫出該報導的大眾媒體妨害名譽。之後他便關在自己的房間，避免在媒體上露面，拒絕和別人直接交流。對於經營公司，他也沒有任何興趣，雖然和朋友們一起成立了利格西堤，卻從一開始就安於顧問的職位，埋首於各種開發研究當中。

「親悟的直覺相當敏銳。他發現了我的思考誘導，否定了我們的友情，而且還威脅我：『不想因為操作資訊被逮捕的話，就把現在手上的專案交出來。』」

這聽起來很像那個男人會做的事。在他逼幼小的埃緹卡約法三章的時候，她就知道了。父親會反過來利用所有事情，精明得很，為了滿足欲求，他會不擇手段。

「他似乎從以前就在構思纏，但是在系統方面的開發做得很辛苦，所以大概是覺得只要有我打好的基礎就會成功吧。」

泰勒與親悟交易，將纏的專案讓給了他。

「我無法原諒他。他踐踏了我的自尊，背叛了我。所以我故意讓纏發生程式錯誤，迫使專案遭到凍結，但親悟還是瞞著我偷偷藏了纏……於是我決定，既然如此，我要連這一點都利用來對他復仇，將這個復仇行動當成我的人生最後的一場大戲。」

「為什麼要選在人生最後？」

「因為我討厭人類。我並沒有完全犯罪的才能，卻也沒有自信和眾多囚犯一起關在監獄裡生活。至少我可不想在無法預見自己的死期時就被逮捕，浪費自己的人生，妳不覺得嗎？」

的確，泰勒擁有世間罕見的才能，但是論及為人，即使是客套話也無法說他正常。父親與泰勒都只想隨心所欲控制別人的一切，就算用傲慢二字也不足以形容。一切都揭曉之後，知覺犯罪的真相其實是很像的兩個人一次盛大的任性之舉。

「但是泰勒先生，父親早就自殺了。」

「還有妳這個女兒。我原本打算再次引發纏的程式錯誤，拿妳代替親悟，將妳塑造成恐怖分子。妳是深受同伴信賴的優秀電索官，如果妳的真實身分只是一個罪犯呢？」泰勒竊笑。「真想讓妳好好品嘗受到信賴的人輕蔑、背叛的悲傷。」

深受同伴信賴的優秀電索官。

他到底在說誰啊？埃緹卡這麼想。站在泰勒的角度，背叛了他的朋友的女兒看似出人頭地，或許讓他無法忍受吧。但是，那只是旁觀者的幻想。自己的確留下破案的成績，卻不斷折磨許多搭檔，不僅沒受到信賴，還一直被疏遠。

「真是的……我都感覺到自己的衰老了。無論是妳查出感染途徑，反過來利用病毒而成功脫逃，還是來到這裡，甚至還持有纏，全都是我的失算。」泰勒的表情一沉。

「看來我始終不敵親悟，真令我火大。他居然連最疼惜的妳都託付了纏……」

「『最疼惜的妳』？」她無法裝作沒聽到。「那個人才沒有疼惜過我。」

「是嗎？」泰勒的身體從剛才就在輕微顫抖，像在承受寒冷似的。「在我剛認識親悟的時候，他還是個極為普通的溫和男人，愛著自己的家人。」

埃緹卡不禁從鼻子哼笑。「你在開玩笑吧……」

「是真的。是在妳出生之後，與妻子分開，他才變了一個人。他失去人心，徹底變成一個冷血的人。我全心同情親悟的纖細，甚至感同身受呢。」

那個父親，愛過自己和母親？她完全無法想像。重現在埃緹卡腦中的父親總是第一次見面那天的模樣。那個冷酷的表情，以及無情的約定——不對。

『不對，我在嬰兒房見過妳。』

現在回想起來，那句話的意思是說他為了見埃緹卡一面，還特地跑了一趟醫院。但是，那個男人不可能為女兒做任何事情。那麼，難道是父親隨口說了謊嗎？

即使是這樣——那又如何？

「電索官，我認為纏是他抵抗過的證據。過於最佳化的人類會變得脆弱。親悟與妻子分開之後，由於過度受傷而關上心房，變得只能夠愛絕對不會背叛自己的機械（阿米客思）。如此軟弱的男人，作為自己有人心的證據而留下來的，就是纏了。」

她忽然想起那一天，堆積在公寓走廊上的櫻花花瓣那淡薄的色澤。

「因為自己已經無法愛女兒了，他才想讓ＡＩ代替自己去愛吧。為此甚至不惜放下羞恥，背叛朋友，搶走了專案。真是令人不敢恭維的父愛啊。」

簡直荒謬——埃緹卡這麼想。

這些全都是泰勒的穿鑿附會。父親只是個為了自己的功績不擇手段的醜陋人類，不過如此罷了，其中不牽涉任何一絲父愛。不在世上的人早已無法多說什麼。

這段對話本身更是毫無建設性。

「已經夠了。」埃緹卡憤慨地說。「泰勒先生，你的自白全都被路克拉福特輔助官記憶下來了，抵抗也沒有用，把你的槍交出來……」

「冰枝電索官，請離開泰勒先生身邊。」

突然間，一道人聲介入。埃緹卡嚇了一跳，抬起頭——臥室的入口站了一個人，是史帝夫。他挺直背脊，端正的雙手舉著轉輪式手槍，槍口毫不猶豫地瞄準埃緹卡。

她感覺到一陣涼意。

可以的話原本想在他回來之前結束一切，看來是剛好來不及。

原本保持沉默的哈羅德輕聲開了口。「史帝夫哥哥，好久不見。總算見到你了，我很高興。」

「哈羅德，我知道你並不高興。以這樣的形式重逢，我也很遺憾。」史帝夫一邊這麼說一邊緩緩走進臥室。「冰枝電索官，請妳現在立刻遠離泰勒先生的床。」

「你才應該丟掉槍，阿米客思禁止持有武器。」

「史帝夫。」泰勒呻吟似的叫了他。「這是我的問題，你退下。」

「先生，你不需要弄髒自己的手。電索官、哈羅德，雙手放到頭後面。」

哈羅德默默照辦，並且緩緩後退。然而，埃緹卡沒有動。她偷偷瞄了哈羅德一眼——兩人四目對望。

史帝夫再次重複：「電索官，這是第三次了。請離開泰勒先生身邊。」

「我拒絕。」埃緹卡堅毅地盯著史帝夫。「泰勒利用了你。從偽造病毒解析結果到製作全像模型，他全都叫你做。你卻……」

「他拯救了我。只有先生一個人。沒有對我標價，還給我棲身之處的就只有他。」

「所以你才無法拒絕協助他嗎？」

「不是，我是自願當共犯的。」

埃緹卡咬緊牙根。「這怎麼可能……」

阿米客思的敬愛規範會讓他們承諾對持有者的尊敬與服從，所以史帝夫才選擇了間接傷害除了他的主人泰勒以外的人——這樣太奇怪了。他們應該禁止攻擊人類才對。

「史帝夫。」泰勒低吼。「夠了，退下。」

「冰枝電索官，請照我的話去做。這樣一來，我就不需要對妳開槍了。」

「『不需要對我開槍』？史帝夫，阿米客思『無法』對人類開槍。」

「不，辦得到。」

她為之戰慄。這不可能——不對，難不成……

「打從第一次遇見你的時候，你就冷漠得一點也不像阿米客思。莫非泰勒改造了你的敬愛規範？」

「我很正常，我只是知道了敬愛規範的『真相』罷了。」

「……你在說什麼？」

「以人類而言，這不過是『信仰心』。我『發現』即使不信仰人類也能活下去。」

史帝夫的槍口接觸到螢幕的亮光，微微閃了一下。和哈羅德極為相似的眼睛不知何為凍結，熊熊燃燒著。

「該保護什麼，我自己決定。」

埃緹卡就連開口的機會都沒有。

史帝夫的手槍毫不猶豫地放聲嘶吼。槍火驅散了黑暗，射出的子彈不偏不倚貫穿了埃緹卡。她過於纖瘦的身體大幅晃動。

槍聲順著牆壁奔馳而上。

鼓膜劇烈震盪。「腹部從正面被射穿的史帝夫」帶著呆愣的表情彎下膝蓋，當場癱倒在地——床上的泰勒正好抖動著衰弱的手臂，把槍放下。

「我都叫你退下了！」他的聲音激動到不能再激動。「這是我的復仇。如果要殺她，也該是我殺。我可沒有把這個任務交給機械！」

「先生……」

史帝夫原本還有話想說，但就這麼臥倒在地上，一動也不動了。漸漸滲出的循環液將大理石染成一片黑。

沉重得讓人耳鳴的寂靜瞬間降臨在現場。

「接下來是你，哈羅德。」

泰勒又重新舉起手槍，將槍口對準哈羅德。可悲的老人咬緊牙根，激奮地顫抖著虛弱至極的身體，拚命瞄準目標。

「泰勒，在對我開槍之前，請告訴我一件事情。」哈羅德淡然站著，平靜地問了。

「現在『在下雪』嗎？」

「是啊……」泰勒憤慨地說。「早就在下了。」

「這樣啊。」他揚起嘴角露出平常的微笑。「這樣就真的證實了知覺犯罪是纏搞出來的——冰枝電索官？」

泰勒轉向背後與躲在黑色窗簾後的埃緹卡撲向他幾乎是在同時。埃緹卡從奮力掙扎的泰勒手上搶下手槍，扭轉他消瘦的手臂，最後爬上床，將他以俯臥的姿勢壓制住。

「不要動。害你骨折了，我可不管。」

「為什麼，妳……」被壓制住的泰勒如此呻吟。「妳剛才，確實中了槍……」

「全像模組做得太精緻也不是什麼好事呢，畢竟連製造者都無法察覺虛實。」

哈羅德一邊這麼說一邊拖著右腳走向泰勒，輕輕踢了某個東西——在地板上滾了幾圈的，是白頭鷹雷射無人機。

泰勒凹陷的眼睛像少年一般逐漸瞪大。

「泰勒先生。」

埃緹卡再次俯視過去的天才，清楚地宣告：

「你是知覺犯罪的嫌疑人，現在依法逮捕你。」

5

站在醫院的樓頂，可以將舊金山灣一覽無遺。海面反射著剛迎接黎明的天空，藍紫色的細浪波動著。往來於鄧巴頓橋上的車輛車頭燈已經開始失去顏色，但整個城市依然還沒甦醒。無人機的數量也還不多，空氣帶著柔和的透明感。

「輔助官，比加怎麼了？」

「她睡在交誼廳，神經緊繃似乎令她相當疲憊。」

後來埃緹卡他們叫了救護車，將快要陷入失溫症的泰勒送到醫院。根據醫師表示，多虧有運作抑制劑，他的症狀已經穩定了。

「所以——」埃緹卡靠在欄杆上，吐出電子菸的煙霧。「十時課長怎麼說？」

「她好像正好在普爾科沃機場查到比加的登機紀錄了。」

身旁的哈羅德這麼說——他才剛借用比加的平版電腦，和十時講完電話。

「她說可能明天就會過來這邊。她姑且先相信了我的說詞，也撤銷了妳的嫌疑。計畫完全成功了呢。」

「是嗎……」埃緹卡無法真心感到高興。「說不定只有現在能夠這麼覺得。」

他們的努力有了收穫，證明泰勒是犯人的材料都已經湊齊了。然而，走到這一步的路上，他們也觸犯了好幾條法令。具體來說，像是身為人類卻偽裝阿米客思搭乘飛機，或是沒有搜索狀卻闖進利格西堤等等……十時知道後頭痛應該會發作，今後肯定還得盡力滅火才行。

「就算是這樣，一切都進行得很順利也是事實。」

「說一切就太誇張了吧。不過的確，全像模組的部分是很成功……」

對手無寸鐵的埃緹卡而言，自衛手段是必要的。所以在前往泰勒的寢室時，他們先從會客室拿走白頭鷹雷射無人機，藏到他的床底下。意識矇矓的泰勒沒有察覺，一心以為全像投影是埃緹卡本人。真正的埃緹卡一直躲在黑窗簾後面——泰勒他們為了表現烏里茨基與埃緹卡的共犯關係，前幾天才剛投影過全像模組。臥病在床的泰勒應該不會頻繁使用無人機，所以無人機還在儲存著埃緹卡的模組的狀態下被置之不理的可能性很高。哈羅德如此預判，實際上他也猜中了。

多虧這樣，事情大致上都照他們的計畫進行——除了史帝夫闖進來的部分。

「泰勒對史帝夫開槍真是出乎意料。」

老實說，事後想起這件事的感覺不能算好——史帝夫預計等到天亮之後會被送進修理工廠。頭部沒有損傷，所以應該能順利完成修理吧。

「他協助犯罪行為，讓許多人類面臨危險，這是應得的報應。」哈羅德說得冷淡。

「這還讓他知道了泰勒的本性，反而是好事一樁吧。這下他總算也該清醒過來了。」

「只論道理的話或許是這樣沒錯。」埃緹卡帶著苦澀的心情關掉電子菸的電源。

「但他好歹是你的兄弟吧。你嘴上叫他哥哥什麼的，卻沒有兄弟之愛的概念嗎？」

「這就是我們的兄弟之愛。而且我不僅是他的弟弟，更是一名搜查官。」

「工作狂到了這種地步也值得尊敬了。」

「不過，妳為什麼要憐憫史帝夫呢？他試圖殺害妳耶。」

「我並不是憐憫他。只是……覺得沒辦法隨便責備他。」

考慮到史帝夫的遭遇，泰勒對他而言應該就像救世主吧。會對他傾心也是難免的事，這樣一想就更無法不覺得心痛了。

最重要的是——

「史帝夫對人類起了殺意，還扣下扳機……他所說的『敬愛規範的真相』是什麼？利用那個就能讓敬愛規範失效嗎？」

「他的說詞，我也不是很清楚。」哈羅德還是那麼冷靜。「如果泰勒真的沒有改造他，應該當成是他原本就有缺陷才對吧？」

說起來可怕，但這也不是不可能的事。一般而言，阿米客思的安全性在送到顧客手上前曾經過再三確認，但是進行確認的不過是人類，也不是完全沒有由於人為疏失，導致史帝夫的敬愛規範並不完整的可能性。

但是——

「這樣的話……」埃緹卡忽然猶豫了，把問題吞了回去。「算了……沒什麼。」

這樣的話，輔助官，你的敬愛規範就有正常發揮作用嗎？

——『如果能夠抓到殺害索頌的犯人，我打算親手制裁他。』

在那個廣場，哈羅德是這麼對埃緹卡說的，說得非常明白。

或許只是遣詞用字比較強烈，或許只是重要的人被奪走的悲傷無法昇華，讓他只能那麼說——但是看過史帝夫的行動之後，現在她開始覺得或許無法斷定哈羅德還保有對人類的忠誠心。她真的不知道。

即使可以輕易潛入人類的腦海，也無法窺探阿米客思的想法。

哈羅德的真面目究竟是順從的機械，還是扮演順從的機械的某種存在。

不過有一件事情，她可以確定。

埃緹卡輕輕摸了胸前的藥盒鍊墜。當然，裡面是空的。HSB放在利格西提了。她原本以為自己一定會心痛欲裂，心情卻是出奇地平靜。

原本明明那麼害怕放手的，真是不可思議。

或許她其實一直都只是想要有人給她一個契機。

她偷偷瞄了一下哈羅德的側臉。他用冷如冰的眼睛望著舊金山灣。冷風輕撫著他的金髮，讓他看起來簡直像是隨處可見的人類青年，是那麼沒有防備。

給了她契機的不是別人，正是他。

無論哈羅德的心是怎樣的「形狀」，這個事實都不會改變。

對她而言，現在光是這樣就夠了。

「怎麼了？」他依然注視著遠方，這麼問了。「在想什麼事情嗎？」

「啊啊……嗯。」埃緹卡猶豫了一下，還是決定說出口。說出來給別人聽，自己也一定比較不會搖擺不定。「多虧你，讓我下定決心了。」

「妳是指什麼？」

「我決定辭去電索官的工作。」

她想保留話語的重量，咬住了嘴唇——原本就只是順應適性診斷以及父親的意見，選擇了這個職業。但是，受到父親支配的那個不成熟的自己已經和姊姊一起消失了。如今她就連有什麼理由緊抓著這種無聊的適性都不知道。

所以，她想先離開這個職位一次。她想要多點時間讓自己慢慢思考。

自己真正想當的到底是什麼。

哈羅德並不驚訝，只是瞇起眼睛，隱約顯得有點落寞。

「能夠成為妳最後一個搭檔，我很榮幸。」

「少說那種違心之論。」埃緹卡原本想嗤之以鼻，奈何他一直盯著自己，所以不太順利。「那個……是你讓我察覺到的。」

哈羅德微微歪了頭。

「我是說……」噢，果然還是不應該說的。可是，也已經無法回頭了。「其實我心裡也有個角落知道，我不能一直這樣緊緊抓著姊姊不放。但或許是我太懦弱了，一個人總是辦不到。然而，有你像那樣……」

就拿逮捕泰勒這件事來說也是，只有埃緹卡的話恐怕很難辦到。一切的一切，都是因為有他的協助才能順利完成——所以……

「那個，謝謝你……哈羅德。」

啊啊，真是的，這樣做也太不像自己了吧。

埃緹卡為了掩飾自己的難堪，抬頭仰望天空。黑點似的鳥群正朝著晨曦飛去。

哈羅德一直沒有說話。不知為何，他現在是難得地安靜，讓埃緹卡戰戰兢兢地偷看了一眼——只見他僵在原地，連眼睛都沒有眨一下。

「怎麼了？」埃緹卡忍不住一臉狐疑地這麼問。「輔助官？」

「沒事。」他長嘆了一口氣，在凌亂的頭髮上亂抓了一陣。他究竟是怎樣啊？「電索官，為什麼是現在？」

「咦？」

「我是說，妳為什麼要現在對我打開心房？這和我的計畫不同。」

「不是。」這個傢伙在說什麼啊？「我才不管你的計畫，也沒有對你打開心房。」

「妳從一開始就是這樣。原本還以為已經將妳玩弄於股掌之間了，卻出其不意地偷襲我。」

「抱歉，你在提哪椿啊？」

「總之，請妳不要這樣做。」

「我也不太清楚現在是什麼狀況，但我開始後悔向你道謝了。」

「沒關係，反正妳原本就沒有道理感謝我。我只是想要解決案件……」

「好啦好啦。」到底是怎樣啊？「不過無論你是指什麼，為什麼那麼不想被我『偷襲』？」

「那是因為——」他眉頭深鎖，表情未曾見過地凝重。「我也不是很會形容，總之被妳偷襲的話，我會…………無法保持平靜。」

……難不成，這個傢伙只是沒發現自己在害羞？

但是要是點出這件事，感覺事情會變得更麻煩。還是聽過就算了吧。

不過，最後也算是有點收穫。原來哈羅德也有計算不到的事情。

「妳在笑什麼？」

「哪有，沒有啊。」

埃緹卡放開欄杆，留下不知道開始沉思什麼的他，邁開步伐。收拾善後之類必須煩心的事情還有一大堆，腳步卻是輕盈得不可思議。

總覺得，一切妙不可言。

終章——融雪

1

十時課長在里昂總部的辦公室總是整理得井然有序——除了貼滿整牆，可愛到膩人的貓海報以外。

「所以，妳是從什麼時候開始有這個想法的？」

十時在辦公桌上拄著頭，視線定在半空中。她大概正透過YOUR FORMA望著埃緹卡方才提交的辭呈吧。

「大概從半年前開始。」埃緹卡謊稱。「我覺得自己更適合其他工作。」

「我建議妳維持和路克拉福特輔助官的關係，妳卻拒絕了。那個謎團現在解開了。」十時隔了一拍說了。「冰枝，不是我要小看妳，但妳有其他適合的職業嗎？」

她被戳到痛處，不禁別開視線。「我接下來才要找。」

「能夠活用妳的資訊處理能力的業務種類不多，但任何人都能做的工作早有阿米客思和機器人在做了。我不覺得妳有辦法輕鬆找到再次就業的地方，妳有存款嗎？」

十時願意挽留她，肯定是值得感激的事情。雖然曾經懷疑埃緹卡，她對埃緹卡的評價還是那麼高。不僅如此，在這起案件當中，最後負責到處滅火的也是十時。多虧有她，埃緹卡才能逃過停職處分，自己在她面前實在抬不起頭。

距離那個案件大概過了一個月。知覺犯罪的真相才剛公諸於世，世間便極度動盪了起來。一旦知道所有人的腦袋裡面都有炸彈（纏），陷入恐慌或者憤怒爆發都是理所當然的反應。利格西堤的股價大暴跌，員工為了處理客訴而日夜奔波，感染者們也對公司提起訴訟。

伊萊亞斯・泰勒遭到逮捕之後也被起訴，但還沒等到第一次開庭就去世了。然而檯面下的搜查仍繼續進行，從泰勒的遺體取出YOUR FORMA進行資料還原，以及對利格西堤的相關人士進行偵訊的工作都正在同時處理。史帝夫被諾華耶機器人科技公司接回總公司，一邊接受敬愛規範的調整一邊協助搜查。

話說回來，埃緹卡也已經被調離這個案子的搜查。因為需要電索的搜查階段早就過去了。

利格西堤在案件後，對YOUR FORMA進行了系統更新，這次真的完全消除了纏。埃緹卡也因此擺脫了幻覺症狀，過著原本的生活。

「我知道了，我就直截了當地問了吧。妳想辭職，是因為我那個時候懷疑妳嗎？」

「那件事情，我們應該已經說好雙方都是無可奈何，就此收場了吧。」實際上，十時也只能那麼做。反而是決定逃亡而加深了誤會的埃緹卡錯得比較嚴重。「我很感謝課長。就連我複製的纏，妳也處理得妥妥當當……只是無論如何，我都想要一段時間來好好思考一次。」

「看來妳的辭意很堅定。」十時毫不掩飾地嘆了氣。「這次，妳可是將案件導向解決之途的英雄。老實說，冰枝要是辭職了，局長可能會氣到炒我魷魚。」

「不可能的。而且就算我辭職了，分局也還有路克拉福特輔助官在。」

「他是阿米客思，立場上，他的實力不會輕易得到認同。」

「儘管妳對RF型的評價那麼高，是嗎？」

「……妳聽輔助官說的？」

「聽說他是次世代泛用型人工智慧啊。」

「這就是我沒有告訴妳的理由，妳懂了吧。」十時一臉尷尬。「光是曾經被獻給王室就已經夠貴重了，更何況還是市面上沒有流通的次世代規格，這種事情怎麼能隨便說出口。我想妳應該也知道……」

「我當然不會告訴任何人。」想到他是多稀有，就無法責怪十時他們那些高層隱瞞這件事。

「即使是優秀的RF型，身為阿米客思依舊是不爭的事實。即使『能力』受到認同，『實力』方面恐怕還有得等吧。」十時一邊這麼說，一邊傳了訊息過來。一個陌生的信箱彈現在埃緹卡的視野當中。「其實是這樣的，我認識的人在找精通電子犯罪的顧問。如果妳找不到工作，就試著聯絡看看吧。」

埃緹卡用力眨了幾下眼。換句話說——

「我接受妳的辭呈。」

「謝謝課長。」

「聽好了，妳要工作到這個月底。」

「這是當然的。」課長都接受她的任性了。她深深低下頭。「感謝。」

於是她走出辦公室，正好撞見班諾。他好像也有事要找十時。班諾最近終於完全康復，以輔助官的身分回到辦案現場。

「我決定辭職了。」

即使埃緹卡這麼說，班諾也沒有驚訝。或許他根本覺得這是玩笑話。

「再也沒有比這個更好的消息了，我決定今晚開瓶陳年好酒。」

他像平常一樣嗆，揮著手像是在趕埃緹卡走——戒指在左手的無名指上閃閃發亮。看來他和那位未婚妻和好了吧。不過，這真是最不重要的事情了。

埃緹卡回到自己的辦公桌，看見一個信封已經送到她這邊來了。信封來自比加，是她的第一次定期報告。埃緹卡打開信封，攤開傳統式的信紙。文書是以薩米語寫成，但YOUR FORMA準確地幫她翻譯——在簡潔的報告之後，還附上私人的訊息。

〈之前，我說妳「不是人」，真的很對不起。〉

案件解決了，她的心情也和緩多了吧。接著，她寫到開始和出院的李一起生活，還有也寫了信給哈羅德等等。到頭來，比加在知道他是阿米客思之後，似乎還是無法壓抑對他有意思的心情。

等到午休時間，就去買信紙來寫回信給她好了。埃緹卡這麼想。因為她也有幾件事情必須向比加道歉。

*

離職之後的一個月內，她運用時間的方式是前所未有地自由隨興。

話雖如此，她幾乎都在里昂的家裡過得毫無意義，在床上懶洋洋地沉浸於書本及電影當中乃至睡去。偶爾會在隆河畔散步，模仿法國人買她並不特別喜歡的巧克力可頌來吃。順便因為一時興起而開始戒菸。辭去工作之後，她的YOUR FORMA相當安靜，讓她再次體認到自己在私生活當中根本沒有朋友。訊息和電話，全都保持沉默。

感受著日子順流而過，她思考著今後該過怎樣的人生。一開始，她覺得自己想當什麼都可以。比方說，活用她與生俱來的資訊處理能力，考幾個證照之後朝ＩＴ方面的企業邁進也可以，或是當個遺世獨立的人，蒐集賣不出去的紙本書籍開間二手書店也好。不過，這些都是不切實際的妄想。

當她發現的時候，自己已經想著電索了。想著落入某人腦海當中，那個瞬間的感覺。

想著和哈羅德互相鬥嘴，在天寒地凍的聖彼得堡度過的那些日子。

不知道他後來怎麼樣了。她是很好奇，但也沒有特地聯絡的理由。所以，她盡可能不讓自己想起來。

冬天即將結束的時候，她去了一趟東京。她沒有去那個沒有任何人在的老家，望著隅田川看了半晌之後就回來了。停留期間只有短短幾個小時，連日本食物都沒吃，只是和混濁的河面大眼瞪小眼就結束了。這種用錢的方式真的很蠢——她心想。

簡單來說，她不知道該去哪裡。她還以為不當電索官之後，一定可以找到其他的道路。以為只要離開這份工作，自己真正想做的事情就會自然而然地浮現。

結果什麼也看不見。

反而是懷念電索的心情與日俱增，簡直瘋狂。

她想起十時給她的信箱，是在某天的下午。

在整理公寓房間的時候，她順便清理了一下YOUR FORMA的收件匣，那個信箱便輕輕蹦了出來。老實說她猶豫了很久，思考到底該不該丟掉。心裡沒來由地覺得，要是留下這個，好像又會回到老樣子。但是，窗戶正好敞開著，像是要軟化她固執的心似的，一陣輕柔的氣味從窗口吹了進來。

季節已經是春天了。

2

〈現在氣溫，八度。服裝指數B，建議穿厚大衣。〉

抵達聖彼得堡的普爾科沃機場時，埃緹卡後悔沒有圍上圍巾再過來。因為已經四月了而掉以輕心，卻沒想到這個城市確實冷到嚇人。在圓環仰望的天空布滿厚重的烏雲，看來不久之後就會下雨了。

之前寄信聯絡到的人，是自稱華生的私家偵探。原本想用全像電話先面談過的，但華生似乎有電話厭惡症，所以才決定像這樣直接見面。

話說回來，真沒想到地點又是聖彼得堡。

幾個月前在這裡度過的日子回到腦海裡。遇見哈羅德，動不動就被他耍得團團轉，又單方面接受他的幫助——總之發生了許多事情。原本以為那起案件讓自己有了決定性的改變，回過神來又像這樣，打算參與電子犯罪的偵辦。

看來，她似乎只知道這樣的生活方式。

但是這次，她並不是聽從別人的指示，而是自己決定的。

稍微超過了約好的時間。這時，一輛車順暢地滑到埃緹卡面前——似曾相識的紅褐色車身，以及方正的線條。圓形的車頭燈……YOUR FORMA分析著車款。不對，慢著，不用分析自己也清楚到不想再清楚了。

拉達紅星。

不祥的預感在那個瞬間綻開——對了。原本對她那麼執著的十時，居然那麼乾脆地收下辭呈，現在回想起來肯定有什麼地方不對勁。

在她感到茫然時，開車的人已經下車了。是一個高加索人種男性，年齡是二十多歲後半。相貌端正到令人傻眼，用髮蠟整理得整整齊齊的金髮，後腦杓的頭髮微翹。右邊臉頰上有顆淡痣，瀟灑地抖了一下毛呢大衣——訂正一下，不是高加索人種男性，而是「仿照高加索人種男性製作的阿米客思」。

「我想見妳想好久了，冰枝電索官。」

哈羅德帶著一如往常的完美微笑，意氣風發地「擁抱了」埃緹卡。

「哎呀，妳開始戒菸了啊？而且似乎相當緊張呢，在飛機上居然只點了一杯咖啡。還特地帶鏡子來整理頭髮嗎？」

開什麼玩笑啊你怎麼會在這裡給我說明清楚——在發洩出湧上心頭的困惑之前，埃緹卡先用力把他從身上分開。她抬頭瞪著乖乖放手的哈羅德說：

「這是怎麼一回事？」

「就是這麼一回事。」

「完全搞不懂。」認真覺得莫名其妙。「我不是來見你的！」

「妳現在見到的是三個月不見的前搭檔耶。表情應該還要更高興一點吧？」

「閉嘴。」還真是一點都沒變。「華生偵探在哪裡？電子犯罪顧問的工作呢？」

「全都是十時課長的謊言。」哈羅德這麼說，看起來一點都不覺得有錯。「首先華生是真有其人，不過並非私家偵探。正在招募電子犯罪顧問的，是聖彼得堡分局（我們）。但是，唯有在接獲名為埃緹卡・冰枝的人聯絡時，並非以顧問的名目，而是準備僱用為電索官。」

什麼跟什麼啊。埃緹卡已經過了生氣和困惑的階段，只想放任自己虛脫——原本以

為自己走上人生岔路的這幾個月，到底算什麼啊。自己根本從一開始就只是被關在魚缸裡游泳嘛。開什麼玩笑啊……

「請不要露出那種表情，課長也是為了妳好才這麼提議的。」哈羅德溫柔的口吻令人厭煩。「而且，妳自己也開始懷念電索了吧？」

實際上她是無法否認。埃緹卡差點就要忍不住點頭——不對，等一下。

「假設如你所說，一切的一切都是課長的謊言好了，如果她沒有預先知道我要辭職，應該沒辦法像那樣準備好信箱才對……」

兩人注視著彼此，陷入沉默——這樣啊，原來是這麼回事啊。理解了箇中原由的瞬間，一種難以言喻的情緒一波又一波湧現。

「路克拉福特輔助官，你是不是提前告訴課長我會遞辭呈？」

「怎麼可能。」哈羅德的表情看起來誠懇極了。「那是妳的私人問題，我才不會告密。」

「不准說謊，你這個可恨的策士！」埃緹卡忍不住抓住他的大衣前襟。「一定是你向十時課長提議的吧！課長原本就推薦我繼續和你搭檔，而且她根本不想放我離開，所以肯定會配合你的計畫。簡直難以置信！」

「請妳冷靜。」哈羅德拉開埃緹卡的手，並且就這樣順便握住，無論她再怎麼掙扎也不肯放開。「我只不過是提供了選項罷了，回來與否操之在妳。妳是依照自己的意志做出選擇，責怪我實在沒道理。」

「那麼，我還是重新考慮好了。」

「為什麼？」

「還問為什麼……這次的輔助官還是你對吧？」

「那當然了。還是妳有什麼不滿嗎？」

「首先你預設我沒有不滿就已經令我不滿了。」

「與其和我搭檔，妳比較想燒斷其他輔助官的腦神經嗎？」

拿這個出來比較太卑鄙了吧——埃緹卡咬牙切齒。十時不知道他的本性。為達目的可以平心靜氣地將人心當成棋子利用，冷酷到令人害怕的機械的那一面。

「我想說的話還有一大堆，不過反正說了也是白說，所以算了。」埃緹卡從哈羅德手中要回自己的手，塞進大衣口袋裡面。「可是，你為什麼要不時盡心照顧我啊。就算你什麼都不做，想回來做這份工作的時候我自己也會想辦法處理。」

「其實是因為我還找不到答案，所以想請妳協助。」

埃緹卡皺起眉頭。「你在說什麼啊？」

「案件之後在醫院的樓頂，妳老實到令人害怕地向我道了謝，妳還記得嗎？」

「記得啊。我的道謝老實到令你害怕真是抱歉喔。」

「是啊，說真的，那太詭異了。然而不知道為什麼，我卻被妳搞得心神不寧。我到現在還找不到理由。所以我想只要和妳在一起，就可以知道答案了。」

「……啥？」

「而且——」哈羅德認真到不能再認真。「回到這份工作應該是妳的期望才對。我們彼此的利害關係一致，對吧？」

開玩笑的吧——埃緹卡真心感到傻眼。想到他居然是為了那種理由而設計自己，就讓埃緹卡覺得愚蠢至極。如果那個時候不要在心裡竊笑，而是老實告訴他的話，事情是不是就不會變成這樣了？

「路克拉福特輔助官。」她抑制不了嘆息。「其實，我知道你的心情是怎麼回事。」

哈羅德歪頭表示懷疑。「真的嗎？」

「真的啊，你那是『害羞』。你因為我在意想不到的時候向你道謝而害臊了起來，自尊心也順便被傷到了一點。以上，就是這樣。簡單得很。」

「………………不對，妳錯了。」

「錯在哪裡？你的觀察眼明明那麼優秀，對自己的心情卻那麼遲鈍嗎？」

「妳在胡謅。可以請妳不要隨便回答藉此報復嗎？」

「不對，請你承認。你的確很會算計，但相對地就不太擅長面對突發變化……」

「埃緹卡。」哈羅德把臉貼到她耳邊，所以她不禁整個人一僵。「『妳穿起煙燻藍的大衣一定很好看』。那句話妳還記得啊，真的非常好看。」

埃緹卡突然察覺，才低頭看向自己的穿著——還很新的藍灰色大衣，是在這幾個月失去方向的行動當中不小心買下來的。自己只是覺得改變服裝或許可以轉換心情，當然，自己完全忘記了這個傢伙曾經那麼建議自己。是真的。

「不對，妳記得很清楚。這只是在掩飾自己的害羞。」

「沒有不是我現在才想起來而且我再也不穿了！」她連忙對哈羅德怒目相視。「你這才是在報復我吧？」

「我怎麼可能做出那種幼稚的舉動。」他露出張狂到令人覺得被嘲諷的微笑。「好了，上車吧。到了分局之後，我要先帶妳到妳的辦公桌去。」

啊啊，真是夠了。埃緹卡精疲力盡地把自己塞進拉達紅星的副駕駛座。車子裡面如同預料，冷到會讓人結冰。她憑著焦躁，用力按下暖氣開關——從各方面來說都爛透了。她原本想這麼抱怨，但不可思議的是，心裡隱約覺得踏實。

可是，這次自己才不要感謝他。

哈羅德坐進駕駛座之後，埃緹卡斜眼看著他說：「所以，到頭來華生是誰？」

「喔喔，是我啊。」他隨口回答。「和史帝夫一樣，我也有個中間名。哈羅德．華生．路克拉福特。換句話說，唯有這一點不是謊言。」

「中間名應該會用名字才對。」

「阿米客思的中間名都是用姓氏，妳不知道嗎？」

「總而言之無論如何你都是個大騙子，而且比起華生，你還比較像福爾摩斯吧。」

她投以荒唐無稽的挖苦，但哈羅德一點都不以為意。不僅如此——

「像這樣鬥嘴，妳回來了的感覺就更真切了。」

他還邊這麼說邊露出燦爛的笑容。看見對方那麼高興的模樣，再怎麼想回嗆也只能把話吞回去了。反正，那個表情也是計算好的吧。

真是的。她嘆了不知道第幾口氣。

「你還真是個了不起的『搭檔』啊。」

「我很榮幸。今後也請多多關照，電索官。」

哈羅德伸出手，所以埃緹卡也不情願地和他握手。乾燥的人工皮膚的溫度，不知為何感覺比之前還要溫暖。自己會這麼想，不知怎地讓她覺得很好笑。

像是特地等到兩人鬆開手似的，紅星隨之起步。

後記

本作的內容提及少數民族與信仰，但完全沒有否定特定民族、宗教、神佛之存在的意圖。另外作品當中的組織全部都是虛構，與實際存在的團體、人物沒有關係，特此表明。

本書的出版受到多方的大力協助。

賦予拙作大賞殊榮的第二十七屆電擊小說大賞的各位評選委員，編輯部的各位，在此衷心向各位表示感謝。責任編輯由田大人不僅非常有耐心地針對我拙劣的原稿詳加指導，還相當照顧這麼一個對業界一竅不通的新人，大恩大德沒齒難忘。插畫家野崎つばた老師，第一次收到人物設計稿那天的感動，至今仍留在我的心中。您讓埃緹卡與哈羅德他們活了起來，真的非常感謝。漫畫家如月芳規老師，您以完美的宣傳漫畫為本作拉抬聲勢，不勝感激。

另外不好意思要提一些私事，以提供了筆名契機的J氏為首，周遭看顧我的各位、叔叔阿姨們、在我有困難時支持我的母親，以及亡父，在此特別表示感謝。

最重要的是，拿起這本書的各位讀者。在眾多的故事當中找到這一本，真的不知道該怎麼感謝才好。如果本作有任何一點讓各位喜歡的地方，就是我無上的幸福。

二〇二一年一月　菊石まれほ

◎主要參考文獻

合原一幸編《人工知能はこうして創られる》（Wedge　二〇一七年）

Etherington, Darrell著　sako譯「イーロン・マスクのNeuralinkは来年から人間の脳とのより高速な入出力を始める」（https://jp.techcrunch.com/2019/07/18/2019-07-16-elon-musks-neuralink-looks-to-begin-outfitting-human-brains-with-faster-input-and-output-starting-next-year/?fbclid=IwAR02dra3Ex-YXs6pLGqBJVuJIkFbkMJUXU4MjOoxNF3ICOdEY0NtXQNH1EU　閱覽日：二〇二〇年四月十日）

Lebrun, Marc著　北浦春香譯《インターポール 国際刑事警察機構の歴史と活動》（白水社　二〇〇五年）

Navarro, Joe and Marvin Karlins著　西田美緒子譯《FBI捜査官が教える「しぐさ」の心理学》（河出文庫　二〇一二年）

Pariser, Eli著　井口耕二譯《閉じこもるインターネット――グーグル・パーソナライズ・民主主義》（早川書房　二〇一二年）

鄭　仁和《遊牧―トナカイ牧畜民サーメの生活》（筑摩書房　一九九二年）

記憶縫線 YOUR FORMA

2

菊石まれほ

[插畫]——野崎つばた

敬請期待

國家圖書館出版品預行編目資料

記憶縫線YOUR FORMA. 1, 電索官埃緹卡與機械裝置搭檔/菊石まれほ作 ; kazano譯. -- 初版. -- 臺北市 : 臺灣角川股份有限公司, 2022.01
面； 公分

譯自：ユア・フォルマ 電索官エチカと機械仕掛けの相棒
ISBN 978-626-321-118-6(平裝)

861.57 110019021

Kadokawa
Fantastic
Novels

記憶縫線YOUR FORMA 1
電索官埃緹卡與機械裝置搭檔

（原著名：ユア・フォルマ 電索官エチカと機械仕掛けの相棒）

2022年2月24日 初版第1刷發行

作　者：菊石まれほ
插　畫：野崎つばた
譯　者：kazano

發行人：岩崎剛人
總編輯：蔡佩芬
編　輯：孫千棻
美術設計：吳佳昫
印　務：李明修（主任）、張加恩（主任）、張凱棋

發行所：台灣角川股份有限公司
地　址：104台北市中山區松江路223號3樓
電　話：（02）2515-3000
傳　真：（02）2515-0033
網　址：www.kadokawa.com.tw
劃撥帳戶：台灣角川股份有限公司
劃撥帳號：19487412
法律顧問：有澤法律事務所
製　版：巨茂科技印刷有限公司
ISBN：978-626-321-118-6